U0139974

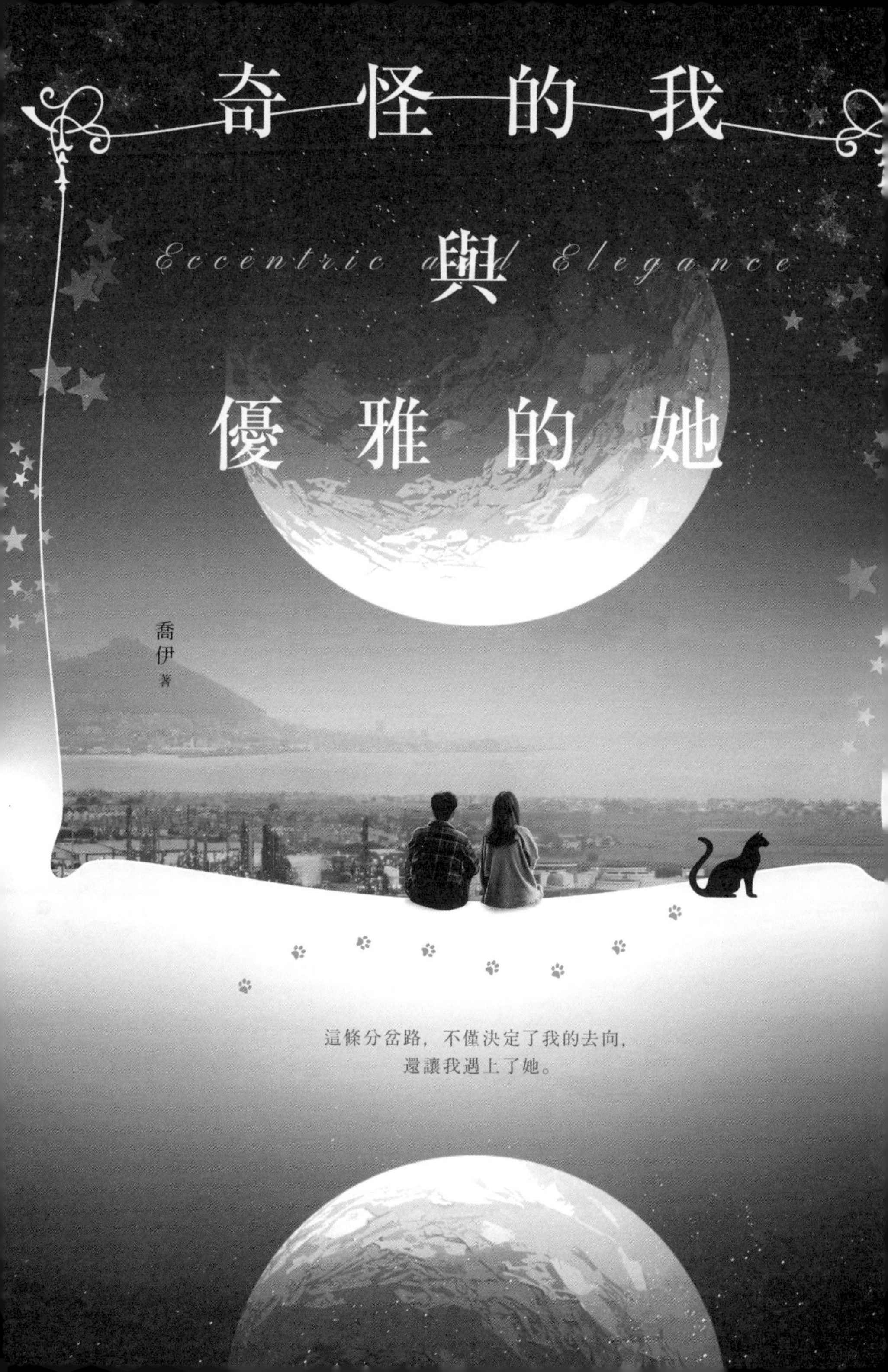
奇怪的我
Eccentric
Elegance
與
優雅的她
喬伊 著
這條分岔路，不僅決定了我的去向，
還讓我遇上了她。

第一章

很奇怪嗎？

你有沒有試過，走進一家餐廳，站在長長的隊伍中，盯著菜單。看了好久，你仍無法集中精神，心中糾結萬分，無法做出任何決定。即使已經輪到你點餐，即使服務員重複詢問數次，身後的人群開始埋怨，即使你焦急萬分，依舊猶豫不決、舉棋不定。

很奇怪吧？

你約了人在咖啡廳見面，一切準備就緒，出門卻發現每天走的路因爲交通事故封鎖。如今有兩條小路可通往咖啡廳，一條較爲遠的小路總有隻流浪犬徘徊，一條較爲近的小路寂靜潮溼、陰風陣陣。無論走哪一條，都有無法預測的意外，你站在分岔路口，直到完全錯過和朋友約定的時間、直到天色已暗，依舊無法選擇一條通往咖啡廳的道路。

很奇怪啊！

凡是與我有交集的人，對於我提出的這類困擾都會這麼認為。而我，偏偏就是這樣一個……奇怪的人。

根據調查顯示，每個人一天平均要做的決定多不勝數。有別於正常人的思維模式，我做出決定的時間，嚴重超出一般人。

扣除睡眠的八個小時，從睜開眼睛的那一刻起，我不是在考量，就是在評估；不是在猶豫，就是在忐忑。各種大大小小的抉擇，猶如潮水般將我淹沒。

每個做出的決定，都將引領我走上不同的路徑，從而影響我人生的結局。每個看似簡單的抉擇，背後都牽扯著蝴蝶效應。每條看似平凡無奇的路，在我內心裡，早已分岔成千萬條密密麻麻的小路。

我盼望這樣的煩惱會隨著年齡增長而減少，然而事實並非如此，甚至變得更加糟糕。不知何時起，每個在我艱難之下做出的決定，最終都會走向災難性的結局。

就好比要我在甜點店或漫畫店間，選擇其一度過假期，假設我選擇去甜點店，那麼甜點店肯定會人滿為患；假設我選擇去漫畫店，那麼漫畫店肯定會因為各種原因沒有營業。

如果壞事會發生的機率為百分之十，那我的選擇一定會讓它提升至百分之九十。

墨菲定律無疑加劇我對選擇的恐懼，我越要避免錯誤，錯誤就必然發生。

為了終止永無止境的惡性循環，我為自己制定了獨一無二的日程表，大到每一天的行程，小到每一天的飲食，都會被規畫在內。

或許聽起來有些瘋狂，但這是唯一讓我心安的方法。只要按照日程表執行，我就不用每天都面臨痛苦的抉擇，即使遇上突發性災難，我也能當作是一時運氣不好，而非是做了錯誤的決定，因此而感到懊悔。

這方法讓我度過了一段安逸的生活，可人生起起落落，就算嚴守規則，難免還是會遇到預料之外的狀況，就如今天。

今天是星期三，變化莫測的星期三。

放學後，我像往常般踩著自行車，沿著熟悉的路線來到每次光顧的麵包店。熟稔的店員在我走進門的那一刻，對我笑著說「最後一個奶油麵包已經銷售完畢」。

我感到一陣失落，猶豫著要不要前往另一家麵包店。這時，店員甜美的聲音再次響起，她告訴我，只要再等七分鐘，再等七分鐘，新鮮的麵包就會出爐。

我聞到麵包的香味，也想起另一家麵包店就在不遠處，衡量著兩者，七分鐘很快就過去了。

拿著香氣四溢的麵包走出麵包店，烏雲不知何時早已籠罩天空，那一瞬，我恍然想起沒有帶傘。

閃電交加，風聲四起，大雨即將來臨的預兆再明顯不過。按照平常的路線，說不定半路就會下起傾盆大雨。

一時心急之下，我選擇了另一條通往家的小徑。

那是一座殘舊公寓後的暗巷，整條小巷又長又窄。記憶中，我幾乎沒有走進這裡過，除了今天。

天色陰暗，雨滴絲絲垂落，陌生的道路讓我忐忑不安。自行車拐進巷子後，我加快速度，眼見快要到達出口才稍微放鬆。

然而，有道人影突然竄出，我緊急煞車。

刺耳的踩煞聲在暗巷響起，過度摩擦產生的白煙騰騰飄散。我驚魂未定地盯著眼前朦朧的人影，「妳……妳沒事吧？」

煙霧散去，她回頭一瞥。只需一眼，我便被她目光裡的清冷鎮住。

我有點緊張地解釋，「對不起，我不是有意的，我沒看見妳……」

她伸出食指放在唇前示意我安靜，「你嚇跑了我的貓。」

我愣了幾秒，然後環視一圈。

狹窄的巷子一眼望去什麼也沒有，只有角落的牆上有個小缺口透出一絲微光。

「沒有貓。」

「那是因爲你把牠嚇跑了。」

我瞇著眼表露質疑。因爲想在大雨來臨前離開，於是我敷衍地道歉。

「沒關係。」她又瞥了我一眼，「你和我一起找吧。」

「不好意思，不行。」我毫不猶豫地蹬著踏板，騎著自行車離開。

我邊騎著車邊看向後視鏡，她依然站在原地。

花俏且過大的外套穿在她身上特別顯眼，不規則的短髮隨風放肆飛揚，深沉如潭的眼神透過鏡面直視著我。

我似乎招惹上麻煩，這女孩可不是萍水相逢的陌生過客，而是我們學校新來的轉學生——方黎。

壓下情緒加快腳踩的速度，一出巷口，天空就轟隆轟隆地下起大雨。豆大的雨滴打在我身上，進退兩難下，我唯有硬著頭皮冒雨繼續前進。

狼狽地回到家，手中的麵包香氣不再，溼答答的模樣讓人毫無食欲，我洩氣地盯著窗外的瓢潑大雨，隱隱有種不祥的預感。

沒過幾天，果然，我因這場大雨染上重感冒，連氣喘也久違地復發了。

但這一切都不是整件事情最糟糕的部分。

最糟糕的是……因爲這偶然機會下選擇的岔路，讓我在回家的路上認識了方黎。

毫無交集的我們，自此從兩條平行線互相交叉。

方黎讓我想起了那位阿姨。

大概在七歲那年，我遇見了一位神祕的阿姨。

她梳著整齊髮髻，穿著顏色鮮豔又寬鬆的大衣，背著帆布袋穿梭在各個街道。

我經常遇見她，可從來沒有交流，只是擦肩而過。直到有一天，我騎著剛學會的自行車，跌跌撞撞地闖入一條陰暗潮溼的小巷。

那時候的我還住在靠近飛機場的舊社區，那一帶有許多彎彎曲曲的暗巷，只要稍微不留意走錯了，就要繞上大半個圈才可以找到出路。因爲經常往外跑，我對那裡的暗巷瞭若指掌，不曾迷過路。

有一次，我領著一大袋戰利品，從雜貨店搖搖擺擺地返家。路途中，一個紙飛機突然從天而降落到我眼前，被這一嚇，我失去平衡摔下自行車。

零食散落滿地，膝蓋手掌也擦傷了，鮮血直流。因爲太痛了，我忍不住大哭，阿姨被我的哭聲驚動，從陰暗角落慢慢走了出來。

近距離看著她，我才發現她好高。

站得直挺又高大的她，在一旁沉默地俯視著我，我被她那懾人的目光鎮壓住，立即停止哭泣。

她沉吟片刻，伸手將我拉起。我看了眼散落滿地的零食，帶著不甘的表情看向她。她心領神會，扔下隨身攜帶的帆布袋。見狀，我心中一喜，趕緊接過把零食全都裝進袋裡。

最後，她拉著我回到她的公寓，幫我清洗傷口、貼上ＯＫ繃。記憶中，她的房子晦暗擁擠，屋子裡家具很少卻一點都不空蕩。窗戶被厚實的布簾遮蓋，深紅色的沙發擺在客廳正中心，一架小小的電視放在沙發前方，牆上掛著兩個巨大的時鐘，這兩個時鐘的時間還不一樣。除此之外什麼都沒有了，只有堆積如山的舊報紙與舊紙箱。

她把帆布袋裡的零食全數倒出在我身上，接著便走進房間，客廳裡堆疊的紙箱如圍牆般將我困住，壓迫感讓我無法呼吸。

我站起身，盡可能地把零食塞進口袋裡。實在太多，剩餘的零食被我留在沙發上，我對著房間開啟的門縫小聲說：「這些都留給妳。」

那天之後，我仍然會遇到她，有時在街角的雜貨店，有時在無人的公園。似乎因為那場解救，她與我變得熟稔，經常會送我零食，也一直邀請我到她家去。可她不怎麼開口說話，每次都是直接上手把我拉走，或是把零食塞到我懷裡。因爲閒著無事，我確實也去了她家好幾次。直到她搬離那個社區後，我再也沒有見過她，親切的她消失了。

方黎雖與她有相似的氣質，相比之下，方黎可一點也不親切。

我不記得她是什麼時候轉到我的學校，只記得當時很冷，穿著羽絨外套依然阻擋不了絲絲入侵的寒意，但方黎只是隨意披了件外套。

上頭圖紋凌亂而複雜，顏色鮮豔而奪目。她一身絢麗，站在風中顯得特別亮眼。黑色微捲的短髮，深邃冷冽的眼神，她像一朵長在懸崖邊緣的小花，孤傲清冷，堅韌危險。

班上的同學們並不知道她的來歷，也不怎麼在乎，像她那麼有個性的女孩，大家似乎避而遠之。因此她沒有朋友，沉靜疏離，經常待在教室角落的座位。

而我因爲那該死的選擇困難症，成爲了許多同學眼中的怪胎。雖然大家閉口不談，但我很清楚被打在自己身上的標籤。

我們都屬於班上的邊緣人，存在感幾乎爲零，但同屬一類的我們從未交涉過。

我從來沒有關注她，也從未與她交談，直到那天的暗巷奇遇，爲我們的關係拉開序幕。

在學校走廊上與她擦身而過時，我會不自覺與她對視。走進教室時，我會莫名看向她的座位。

曾經橫跨於我們之間的隔閡驟然消失，她的存在感變得非常強烈，這種感覺讓我忐忑不安。

我希望我們能變回完美的陌生人，於是，我開始克制我的行爲。

夏末的午後總是特別炎熱，鐘聲一響，同學們急著起身，成群結伴到食堂去。

我原本已走到教室走廊，卻在瞥見她的身影後速速回頭。我摸摸口袋，假裝忘了帶什麼，又返回教室。

「我們籃球隊少了一個人。蔣同學昨晚不小心摔下樓梯扭傷了腳，接下來的籃球比賽他參加不了。」

「啊？那怎麼辦？難道沒有候補成員？」

「候補成員？你說溫聿珩？」

「他是候補成員？那當我沒說。少一個成員可比多一個溫聿珩來得更有勝算。」

「哈，你這話說得還挺有道理嘛！」

「話說，你們有沒有覺得，他最近變得更加古怪了？跟那誰有得一拚。」

「誰？」

「還能是誰？新來的轉學生呀。」

「對對，他們最近好像總是眉來眼去……」

看吧看吧，沒有最糟只有更糟。

即使只是同學之間的閒話，我也不想和方黎扯上關係。

於是我說：「我們沒有眉來眼去，我跟她一點也不熟。」

平淡的語氣卻如一聲驚雷，好幾位同學被我嚇了一跳，扭頭看著去而復返的我。

我摸摸口袋解釋，「我忘了拿東西……」

同學們的表情從原本的驚訝變得耐人尋味，他們大概以爲我躲在這裡偷聽，奇怪的人做奇怪的事，一點也不奇怪。

其實根本沒有必要解釋，每次不想讓場面變得尷尬，卻總是適得其反。我無奈地擺擺手，「算了算了，你們繼續吧。」

我走出教室，走廊裡不再有方黎的影子，可我好像已經無法擺脫她。

明亮喧嘩的食堂擠滿人群，排著隊的同學們都在歡聲笑語，只有我在隊伍中皺緊眉頭。

日程表上排定要購買的食物已經銷售完畢，我深吸一口氣開始嚴謹考量。

等待本該是漫長的過程，可在我身上反而是一晃而過，好像只是眨一眨眼就輪到我了。

「只剩兩種選擇。」販賣部阿姨一見是我，忍不住翻了個白眼。她露出無奈的表情強調，「只有兩種！」

好吧好吧，食指在飯糰和漢堡之間來回。

爲什麼有兩種選擇呢？要是只有一種選擇那該多好……

「同學，後面的隊伍眞的很長。」阿姨嘆了口氣。

慌亂下，我隨意拿取其一，攤開手心見是飯糰時，內心立即有了抗議的聲音，奈何阿姨眼明手快地把錢收了，我只能帶著飯糰，無精打采地走到角落無人的餐桌。

今日飯糰的賣相很差，飯粒過軟，調味也很淡。應該選擇漢堡才對，再怎麼差也不會比飯糰差。

各種抱怨的聲音開始襲擊我，這時，前方突然出現道人影，讓我內心裡吵得不可開交的小人，一下變得鴉雀無聲。

方黎坐到我的面前，她手上沒有任何食物，只是靜靜坐著，看著我。

「幹麼？」不知為何，我有些不知所措。

她單手托著下巴，「我的貓還沒找到。」

「真遺憾，牠不會自己回家嗎？」

「很顯然不會。」

我不想和她交談，避開她的視線擺明冷待，然而方黎並不介意我的無視，繼續道：「我的貓咪全身都是黑色，唯獨左耳上有一個白點。」

我的情緒已從不安心演變成不耐煩。她不走，那我走，我開啟狼吞虎嚥模式。在吃下最後一口飯糰的那一刻，她冷不防道：「你應該要和我一起找，畢竟是你把牠嚇跑的。」

我瞪大眼看她，她似乎被我的表情逗樂，細長的雙眼微微彎起。

我低下頭錯開她的視線，「我沒空，但是我會幫妳多加留意。」

嚥下口中的飯糰，我急匆匆地站起身想走，這一瞬，她連名帶姓呼喚我。

「溫聿珩。」

食堂裡充斥著喧嘩吵鬧的交談聲，她偏冷低沉的聲音擁有絕對的穿透力，一下就擊進我心裡。

我微微一怔，轉過頭看著她。

「你一定要幫我找到牠。」

她的眼神帶著不可言喻的堅定，那一刻我很確定，那道曾經阻擋著我們的隔閡，再也闔不上了。

我收起日程本。

星期四本該是到零食販賣部補貨的日子，但今天的我再也沒有購買任何零食的欲望，一放學，我便騎著自行車，打算盡早回家。

一路上，我不由自主地盯著各個街道，只要發現貓咪的蹤影，我都會停下來注視。我一直找，找那隻耳朵上有個小白點的黑貓。

心裡多少還是懷疑方黎的話，可她有必要騙我嗎？她說謊的用意又是什麼？

此時，一道黑影一閃而過，我驟然停下自行車，就好像被什麼力量控制一般身不由己。

我悄悄跟上那隻黑貓，走進後巷來到拐彎處。然而貓咪忽然消失無影，我先是一愣，隨後加快腳步追上。

我以為跟丟了，卻在陰暗角落裡發現好幾隻純黑的貓咪。牠們盯著我，似乎埋伏在這等我。這想法讓我全身漫起一絲寒意。

「我……我可沒什麼圖謀不軌的惡意，只是想找回一隻左耳上有白點的……」我很快閉上了嘴。

我在對著貓咪解釋什麼啊？是不是還要畫個畫像，問問牠們有沒有見過那隻白點小黑貓？

正當我為自己的荒唐行徑啞然失笑時，忽而對上貓咪們警惕的眼神，心中一怵，我緩緩收斂笑容。

貓咪們慢慢逼近，我連連後退，直到靠上牆角，我才不得不轉身落荒而逃。

匪夷所思，也確實狼狽。

我逃回家，筋疲力盡，一推開大門，悠悠就從沙發上跳了下來，欣喜又快速地朝我奔來。我還沒來得及阻止，她就緊緊地抱住我的腳。

「我今天沒有給妳帶零食。」

我事先聲明，但悠悠依然緊抱不放，抬起頭對我微笑。我有些無奈，只能輕輕推開她的小手。

或許因爲她才七歲，正値充滿好奇心和愛撒嬌的年齡。她還沒認知到我這個同母異父的哥哥是多麼不尋常，甚至還會在我沉靜凝思抉擇前耐心等待。等她年紀再大一點，自然就會疏遠我。

不過她性格確實很黏人，我七歲時可不像她這樣，我喜歡獨自一人到附近的公園盪秋千、餵鴨子。

回憶起童年，不免又想起我的哥哥。

他的性格和我截然不同，爽朗樂觀、幽默聰明，是大家眼中的開心果。

只不過，他在人前是一副乖乖牌的模樣，人後對著我又是另一種樣貌，他經常以愚弄我爲樂，喜歡對我惡作劇，即便如此，我一點也沒討厭他。

我會趁他不在時悄悄穿他的外套、戴他的帽子，站在鏡子前模仿他說話的語氣和動作，哥哥知道我的行爲後，常常取笑我。

然而，無論他表面上如何嫌棄我，他仍願意用速食店打工賺到的第一份薪水，爲我買一份生日禮物。

那是一件和他同系列的黃色外套。我喜歡得不得了，無論什麼場合都穿在身上。即使長大穿不下了，還是不捨得丟掉。

儘管外套上的鮮豔已經褪去，儘管表面染上很多不明斑點，我依然好好保存，留在我的衣櫥裡。

只要留著，我就不覺得冷，只要留著，就可以感受到他的存在。好像這樣，哥哥就從來沒有離開過，好像這樣，哥哥仍活得好好的……

晚餐時，屋外突然下起大雨。

「對了聿珩，星期六有空吧？」

坐在媽媽身邊的男人突然開口——羅宇，我的繼父。

「有什麼事嗎？」

我裝作不經意地詢問，但頭腦已經開始急速轉動。

通常他問這類問題，就代表家庭聚會的來臨，我必須找一個毫無破綻的藉口。

羅宇一推眼鏡，還沒把話說出口，悠悠就搶先宣布，「我們要去遊樂園！」

「我不去！」我脫口而出。

大腦還沒來得及做出反應，心魂就在聽到這個關鍵詞時被深深撕裂。沉重的記憶死而復甦，紅色警報譁然響起。

悠悠毫不知情，撇著嘴不高興地問：「爲什麼？」

「因爲不想去！」

或許語氣太過決絕，飯桌上的氣氛瞬間變得沉重。我嘗試深呼吸緩解緊繃的情緒，然而一切徒勞。

悠悠悲痛的哭聲驟然響起，那刻，我的心神彷彿回到那個暗紅色的夜晚……

我深深閉上眼睛，家人們的說話聲此起彼落，可我一句也沒聽進去，劇烈的耳鳴讓我無法靜下心，想要馬上起身離開。

然而，我想著媽媽失落難受的眼神，想著羅宇無奈嘆氣的表情，還有那個哇哇大哭的女孩。

於是，我又睜開了眼。大家已經不再說話，將目光鎖定在我身上。

我意識到自己錯過什麼，不外乎是他們說著去哪裡、做什麼的小事。

茫然地對視片刻，羅宇體貼地化解尷尬，「沒關係，我們可以晚上回家等哥哥一起吹蠟燭。哥哥晚上會回來一起唱生日歌，對吧？」

線索給得很充足，我意會後茫然地點頭。

悠悠還是不高興，卻也沒再鬧脾氣。

我低著頭沉默著，一直到吃完晚飯，我都沒有抬頭看媽媽一眼，我擔心看見她眼裡的怨念。

逞強吃完晚餐，我便回到房內。

心底黑暗的那道門，已經微微敞開了一小細縫，我坐立難安，慌忙地拿出日程本，只有看著上面密密麻麻的事項，我才能得到一點喘息。

或許是精神緊繃，又或許是太過勞累，我迷糊地睡了過去，醒來時夜已深。窗外一片寂靜，此刻的我睡意全無，倒是飢腸轆轆。

走出房間來到廚房想泡個泡麵當宵夜，正要打開櫥櫃，廚房的燈豁然亮起。還沒適應光亮，我瞇著眼，此時媽媽的聲音傳來。

「在找什麼？」

「沒什麼。」

我睜開眼，轉身打開櫥櫃，裡面有好幾種口味的泡麵。舉棋不定之時，媽媽又開口了。

「那天是悠悠生日。」媽媽面有難色，「如果沒什麼重要的事，就一起去吧。」

沉默好一會，悶悶的聲音從櫃子裡傳開，「學校有活動，脫不了身……」

媽媽一言不語，我想，她知道我在說謊。

應該會很討厭這樣的我吧？爲什麼總是無法和悠悠好好相處？撫心自問，我嘗試過，但內心總是會莫名地抗拒。是我不好，一直以來都是我的問題。

我關上櫥櫃打消吃宵夜的念頭回到房間，可不料媽媽也跟著走進房。

我不想與她談話，可我無法將她驅離，一陣慌亂下，我拿起桌上的錢包和椅子上的外套。

媽媽疲累地揉了揉額頭，「這麼晚了，你又要去哪裡？」

「只是去便利商店吃個宵夜，妳早點睡吧。」

「聿珩……」

聽見媽媽無奈的語氣，我下意識加快腳步離去。

午夜時分，街道上行人甚少，商店陸續打烊，除了我家對面的便利商店。

看著那二十四小時亮著的燈，我躊躇不定。

我從不在深夜出門，可爲了逃離那場令人窒息的長談，我不得不出此下策。

瞥見幽深的街角有不尋常的光影在晃動，各種不安的情緒湧上心頭，我快步走進明亮的便利商店。

門一開，睡意朦朧的店員被驚醒，他揉了揉眼睛，站起身，「歡——迎——光臨。」光是這四個字，他就連續打了兩個哈欠。

我朝他點頭，走到泡麵區域。原本已經想好要拿取的口味，但看見架上琳瑯滿目的新產品，頓時讓我眼花撩亂。新口味的誕生對我來說可不是件好事。

我沉默地注視了好久，最後還是選了不會出錯的舊口味。我從來就不求驚喜，只求安穩。

吃完熱呼呼的泡麵，心情頓時好了很多。我凝視著清冷的街道，又坐了好一會，直到過了媽媽平常的睡覺時間才起身離開。

離去前，店員順手把傳單塞進我手裡，「豆奶買三送一。」他機械式重複說著。我不喝豆奶，但還是順從地接過傳單。

一走出門，一陣怪風襲來，手中的傳單被吹落地，我俯身撿起，赫然發現眼前站了一個人。

定眼一看，是方黎，她安靜地站在我的面前。

心神一晃的我再次鬆手，傳單隨著大風飄向遠方。是我的錯覺嗎？怎麼感覺她出現時總會帶著一股寒風？

「眞巧。」她的語氣依舊平淡。

「嗯。」

我佯裝漫不經心的樣子，可心裡不禁納悶，爲何最近頻繁地遇見她？在學校就算了，怎麼連在家附近，而且還是這種時間也會遇到她？

是事有其巧？還是事有蹊蹺？

我瞇著眼打量，方黎心領神會地解釋，「我在附近找我的貓，牠這陣子總是往這裡跑，所以過來碰碰運氣。」

「哦？這麼晚了妳還出來找？」

「找不到我睡不著。」

「哦，那妳找到了沒？」

她輕輕搖了搖頭。

「好吧。」

對話到此結束。

隨口問問的我轉身準備回家，這時天空竟毫無預兆地下起大雨。

我僵直地站著，然後開始後悔。

早知道剛才就不該坐在便利商店那麼久，吃完泡麵就要馬上回家！還有那張該死的傳單也不該拿，就算拿了被風吹走也不該撿……不，千不該萬不該，最不該和方黎交談。

如今我們都被大雨困在便利商店門口。

暴雨襲擊，狂風四起，我瞥一眼身邊的人，頓時有種大禍臨頭的兆頭。

方黎很快地走進便利商店，我被雨水沾溼了大半身，最終也不得不跟隨她的腳步。

便利商店裡冷清至極，一個客人也沒有，我坐在靠窗的高腳椅上盯著雨夜，方黎拿了一罐牛奶，結帳後坐到我身邊的位子。

因為沒有帶到手機，所以無法藉此掩飾，氣氛在過度安靜下變得尷尬。

我實在受不了，首先打破沉默，「我剛有在附近幫妳找了一下。」

她擰開牛奶瓶蓋沒有發聲，我摸了摸鼻子心虛道：「沒找到。」

「哦。」她淡淡地回，對話到此結束。

很好，至少我盡力嘗試了。

我繼續盯著窗外的雨，不料，她忽而開口：「找了這麼多天都沒找到，或許牠已經找到出路了吧。」

「什麼出路？」

「離開這裡的出路。」

「離開這社區的出路？」

「不是，離開這座虛構的城市。」

我不該繼續發問，我應該就此閉嘴，但是我沒有，「什麼意思？什麼虛構的城市？」

「你不知道嗎？你所居住的這座城市，只是被模擬製出的虛構城市。黑暗力量的入侵，使得這裡的一切漸漸陷入沉睡……」

她凝視窗外的目光瞬時轉移到我身上，猝不及防的眼神交會，讓我清楚窺見她眼眸裡神祕的光彩。

我呼吸急促，瞥開視線，「妳……妳在和我說都市傳說嗎？」

雨越下越大，溫度降至冰冷，四周依舊沒有任何人，就連剛剛坐在角落打瞌睡的店員也不知去向。

「不是什麼都市傳說，你覺得匪夷所思，那是因爲你還沒覺醒，被黑暗力量控制著心竅。不過別擔心……」

我依然盯著窗外的雨景。樹葉被捲起，在空中越轉越高，狂風的倡狂可想而知。但我不害怕，比起留在這裡，我更想馬上回家，被雨淋溼也沒關係，大不了洗個熱水澡。從這裡跑回家很快的，一分鐘，一分鐘我就可以到屋簷下……

「你遇見了我。」

她空靈的聲音再次打斷我的思緒，我忍不住回頭看她一眼，那堅定不移的眼神裡沒有半點裝神弄鬼，這讓我陷入了迷惑之中。

「你有沒有在聽我說話？」

她鍥而不捨地追問，讓我想起班上曾經風靡一時的靈魂拷問——

你漂浮在汪洋大海之中，一次機遇，你來到了一座無人島。在經歷過多日飢餓和疲累，你奄奄一息地靠到岸邊。正準備上岸的你，赫然發現岸上站著一隻狼，牠銳利的雙眼注視著你。此時你有兩個選擇：一、離開孤島，繼續漂流在汪洋之中，但你很可能會飢餓而亡；二、上岸，你有機會在島上尋找食物、水源，但與狼共處的代價不得而知。

是選擇繼續漂流，還是上岸？

絕大多數的同學都選擇了後者，九死一生，起碼還有一線生機，或許狼並非我們所想像的那麼凶惡。當然也有人選擇繼續漂流，說不定下一秒就獲救了。

大家的選擇都不相同，但不是選一，就是選二。

唯獨我，我的答案不在裡面——我會因爲做不出抉擇，在船上與狼對視，直到其中一方倒下……

「溫、聿、珩。」

她念我的名字，一字字，帶著某種不可名狀的情緒。

我赫然站起身，一道閃電閃過天際，煥影映在玻璃鏡面上。

「我該走了。」

我推開門闖入雨中，這個決定顯然過於衝動，但我實在不敢再繼續聽下去，深怕她把自身不可告人的祕密說給我聽，我不過是個深夜突然想要吃個泡麵的普通學生罷了。

豆大的雨滴打在身上，狼狽的我一路狂奔，終於來到屋簷下。

我幾乎招架不住，可就算冷得渾身發抖，我仍不自禁轉身往回看。

即使隔著一條馬路，即使傾盆大雨，我依然看得見便利商店裡的方黎——她正在看著我。

我不自覺打了冷顫，直奔回家。

事出必有因，但方黎纏上我的原因是什麼，我一直想不通，也不想想通。

回到家後，我立即沖熱水澡，並換上睡衣蜷縮在厚厚的棉被裡，即使如此仍驅散不了冷意。

虛構的城市？我不禁悶聲而笑，平常看的科幻漫畫不少，但虛構的故事怎能和現實混爲一談呢？

我拿起手機搜索，各種未被證實的報導讓我越陷越深，凌晨兩點，我握著手機迷糊睡去，並開啟各種光怪陸離的夢境——

上一刻的我在一望無際的海洋上漂流，下一刻的我就來到滿是霓虹燈的小街道上，再下一刻，我來到了無人的便利商店。

新上市的零食甜品全都擺在桌上任我品嘗，食物精美，讓人垂涎欲滴。我迫不及待嘗上一口，卻食之無味，所有的食物味同嚼蠟，我挫敗地放下餐具。

明媚亮麗的陽光透過玻璃窗灑在我身上，可我沒有感受到任何溫度。抬起頭往外一看，發現對面街道的景色異常不同。

那裡晦暗不明，破舊凌亂，而幽深的街角裡，有一隻全身純黑的貓，牠的耳朵上有個小白點。

牠黑沉的眸凝視著我，張開口和我說了一句話。我屏住呼吸想仔細聽清楚，這時，鬧鐘響了……

驟然睜開眼，刺目的陽光讓我恍若隔世。

按下鬧鐘，我混混沌沌地癱在床上回想夢境。殊不知，這一下蹉跎使我錯失了早餐時間。

我手忙腳亂地準備著，一手拿著吐司，一手把書塞進書包。媽媽驚訝地看著我忙東忙西，這種事從來沒有發生過。

慌亂中，我還錯手把吐司塞進書包，目睹一切的悠悠驚呼一聲，我才趕緊把變形的吐司拿出。這時，放置在一邊的牛奶卻被我的大動作意外打翻……

狼狽又混亂。

沒有梳理頭髮、衣衫不整的我，及時趕到學校，喘著氣坐到位子上時，正好迎來第一堂課的上課鐘。

一放下書包，我便猝不及防地與後座的方黎對上眼。

她一直在看我，某種不可名狀的情緒讓我心跳加速，但我還是若無其事地把視線轉移到黑板上。

放學後，我到圖書館借了好幾本科幻類書籍。不知爲何，我心裡還是想著方黎昨晚說過的話，那些荒唐不已，卻在我腦海裡揮之不去的話。

捧著書走出圖書館，一不留神撞到了正要進門的人，書籍掉落一地。

「對不起」三個字還沒說出口，我又被眼前出現的人給震住。

方黎站在我面前，明媚的好天氣，她站在的地方偏偏被樹蔭遮蓋住。

「聿珩，怎麼又是你？」

漫不經心又慵懶的口氣，彷彿帶著一絲埋怨，聽在我耳裡特別刺耳。「怎麼又是你」，說這句話的人應該是我才對吧！

「怎麼又是妳啊，方黎？」我不甘示弱地回嘴。

她一臉平靜顯得我無理取鬧，我不想搭理她，彎下腰撿起地上的書。

見狀，她也俯身幫忙，「你昨天爲什麼走得那麼急？」

爲什麼？難道不是因爲妳？我不說話，只是瞥了她一眼。

她彎起眉眼又笑了起來，「你是不是還記得我昨晚和你說的話？」

「我不記得妳說過什麼。」我裝作不在意。

她沒有太多反應，只是意味深長地看著我借來的書。慌亂下，我奪過書緊緊抱在懷裡。

「我先走了。」我站起身就要走。

她又喚住了我，我不耐煩地回過頭，「有什麼事？」

「你的這本《世界是虛構的》沒拿……」

我一把奪過她手中的書，胡亂塞進書包裡，在還沒拉上拉鍊的狀態下，我拎起包狼狽逃離。

方黎打亂了我的計畫。

今天是星期五，根據日程表，本該是到漫畫店租借漫畫的日子。借好漫畫，順著同一條街會到達動漫迷城，我會在那裡抽一個盲盒，並在回家的路上停在手搖飲店，購買一杯全糖飲料開啟悠閒的週末。

然而，這一切都不得不被迫取消。

基於最近遇見方黎的頻率異常得高，思前想後，我決定不要冒險。日程表的行程再一次被調動，自從遇見方黎後，類似事件頻繁發生，這真的不是個好兆頭。

回到家後，閒著無聊的我拿出在圖書館借的書。

這些書晦澀難懂，我看得昏昏欲睡，正要放棄研究複雜的理論時，我赫然發現其中一本特別沉厚的書。

硬皮光滑的黑色封面上，有顆又圓又大的月亮，月中央寫著黑邊粗框英文字詞——PAPER MOON。

打開一看，居然是一本手繪風漫畫。

怎麼會有漫畫？我記得我並沒有借過這本書。

我帶著疑惑的心情翻開，原本只是抱著隨意翻翻的心態，不料第一頁就讓我眼前一亮。

漫畫選用四格插畫，畫風配色運用了大量的懷舊復古風，華麗的色彩搭配，營造出一種絢麗神祕的末世感。

它不僅僅只是簡單的畫冊，而是有故事劇情並配有旁白的漫畫，於是我重返第一頁——

第二章

女孩在一間空房間裡醒來，環顧四周，推開房門走向室外。

街道一片寧靜，風將地上的落葉吹起。

商店正在營業中，但店內卻空無一人，道路上也沒有車輛來往。

她背對著一片橙紅色的天空，彷徨無助之時，身後傳來一道低沉的聲音。

「這座城市已陷入沉睡，不久將會被黑暗吞噬……」

女孩轉過頭，卻沒有發現任何人。

「想要離開，就跟著我吧。」

女孩跟隨著聲源來到一條小巷，順著路走到盡頭，依然沒有發現任何人影，只有一隻小貓在角落徘徊。

仔細一看，角落有一個洞，洞口隱隱約約地發出一絲光芒。

女孩以爲是幻覺，正準備離開，那道低沉的聲音又再次響起。

「哦？不想走了嗎？」

猛然回頭一看，還是沒有任何人在場，只有那隻徘徊的小貓。現在，牠正安分地站著凝視她……

「是……你在和我說話嗎？」女孩戰戰兢兢地問。

小貓轉身面向角落，聲音再次響起，「這裡除了妳，還有其他人？」

「你是……」

「不要浪費時間，畢竟妳已時日不多。」

「那我……該怎樣離開？」

「順著——」

牠的話還沒說完，一陣狂風突然襲來。

刺耳的煞車聲響傳來，她回頭，一輛自行車迎面而來。

千鈞一髮之際，自行車驟然停下。

顧不得連連道歉的人，女孩緊急轉過頭，小貓鑽進了小洞口，消失在角落。

自行車、後巷、女孩、消失的貓……

這本類似漫畫的冊子，讓我有種難以言喻的感覺。

這些關鍵詞如此熟悉，如果說生性遲鈍的我還是想不起，那麼漫畫接下來的場景，猶如一記耳光重重甩在我臉上。

下一頁，也就是最後一頁的場景是在一家便利商店。

二十四小時的燈牌亮著，猶如海水般淡藍色的雨，一點一滴打在屋簷上，底下站著兩個人，一個男孩，一個女孩。

大力地闔上冊子，我想，我知道這漫畫是屬於誰的，不，我確定這是方黎的！毋庸置疑！

仔細一看，好像是未經編排的手稿，故事發展到便利商店門口就沒有下文，接下來的幾頁都是用鉛筆勾勒出草圖，看起來故事還未完成。

我想起她在便利商店說的事，那些說得振振有辭，還讓我惡夢連連的理論，原來都只是她漫畫的素材。

被人愚弄的感覺一點也不好受，我第一個想法是找她問清楚，但靜下心仔細想想，何必呢？攤上她准沒好事，我不想再惹上任何麻煩，只想回到從前安逸的生活。

所以，就當作什麼都不知道吧。就當作……這本漫畫從未出現過。

我把她的漫畫塞進背包，打算星期一一早悄無聲息地放到她的抽屜裡。

一想到會在學校遇見她，我不免又焦慮起來。

感到焦慮不安時，我都會吃上一顆巧克力來化解，所以背包裡不可缺少的，除了那本珍貴的日程本，還有一小盒巧克力。

在遇見方黎，不，在認識方黎之前，巧克力通常一星期補一次貨，但自從認識她以後，巧克力消失的速度比平常快上幾倍。

包裡的巧克力早已空空如也，天色漸漸暗下，我焦慮的手指在桌上不停敲擊。猶豫許久，最後還是抓起錢包出外補貨。

來到特定的專賣店，我一口氣拿了好幾盒巧克力到櫃檯結帳。

「我們店的巧克力不含防腐劑，所以不能放太久喔！」店員臉上帶著親切的微笑提醒。

「不用擔心……」我瞥一眼書包裡的漫畫，「不會放太久的。」

走出專賣店後，天氣變得明朗。陽光之下，我的情緒不再緊繃。

我把巧克力包裝紙扔進垃圾桶，手錶上顯示的時間爲下午一點。

電影之夜在週六晚間八點。此刻本該是好好躺在沙發上翻閱漫畫的時光，基於昨晚的改程，漫畫沒到手，現在顯得無所事事。反正已經外出，我決定依照昨日未進行的計畫，租本漫畫、抽個盲盒，再喝杯全糖奶茶。

來到漫畫店，店員一看見我就露出驚訝的神情。他先是看了眼日曆，再轉頭告訴我，「今天是週六。」

我尷尬一笑，「我知道。」

除非某些特定的重要聚會，否則我絕不會隨意更改行程。

日程本的第一頁就用紅筆寫著「不能更動」，我不該忘卻這句警告的重要性。

不過，可能是在遇見方黎的那天起，主宰著我命運的第一張骨牌就已經倒下，多米諾骨牌效應的發生，讓後來的所有事情變得無法控制。

離開漫畫店，我到漫畫城抽了一個盲盒，帶著暢快的心情來到常去的手搖飲店。發現排隊的人潮擁擠，前排的客人都在大力稱讚新推出的口味。

環顧四周，買了飲料在拍照的客人，果然都是點新口味。

「要不要試一試？」

當這個疑問從腦海裡閃過時，我就知道大事不妙——舊病復發，心裡的小人開始在劇烈拉扯。

漫長的隊伍中，大家都在歡快地聊著天，唯獨我，神情呆滯地站在隊伍裡，格格不入。

冷汗打溼我的後背，我漸漸感到頭暈目眩。這時，身後突然傳來一道聲音。

「溫聿珩？」

回頭一看，發現是同學陳敏，心裡暗叫不妙，可臉上強撐微笑，「妳好。」
她沒說話，站著不動似在猶豫些什麼。
我正想若無其事回過頭，她突地深吸一口氣，走上前，像下定了什麼決心似的。
「還眞巧。」她開口。
「我住這附近。」
「那可正好，我有事想要找你商量呢！」
「我？」我十分疑惑，平日裡我們幾乎不曾交涉，就算是在學校走廊意外對視，她也會把我當空氣無視。
「嗯，對呀！」陳敏笑吟吟地點頭。
我開始不知所措，不僅是因爲快輪到我了，也因爲陳敏唐突的熱情。
「請問有什麼事？」
「說來話長，找個咖啡廳聊聊吧。」
第一個蹦出腦海的想法，就是拒絕她。
如果答應她的邀約，會有更多預料不到的事情發生。本不該在週六出現在手搖飲店的我出現了，蝴蝶效應的啟示，已經讓我遇見陳敏，我不能一錯再錯。
「我約了朋友。」

「我趕回家陪家人吃飯，今天是悠悠的生日。」

「我身體不舒服，要回去休息。」

大腦急速閃過幾個拒絕她的理由，只要夠快說出來，就不會顯得那麼刻意拒絕她的邀約，隨便哪個理由都好……

但，哪一個藉口才不會顯得很虛偽呢？

約了朋友？眾所周知，我沒朋友。

趕著回家吃飯？但我現在正在排隊買奶茶。

身體不舒服？但……我正在排隊買奶茶。

時間一分一秒過去，我有些過度呼吸。陳敏似是沒有注意到我的異狀，歪著頭說：「就到轉角的咖啡廳吧？聽說那裡的奶油蛋糕很好吃。」

「我沒……」

「什麼嘛？別說你沒空。」她雙手抱臂，不高興地看著我，「還是你有什麼更好的主意？」

話音剛落，她似乎意識到自己說了什麼好笑的話，擺擺手露出誇張的笑容，「別逗我了，我還能讓你做決定？我今天的晚餐都別想吃了。」

我保持沉默，還在想著拒絕的藉口，陳敏早已露出不耐煩的表情，「快一點，你在耽誤大家的時間。」

回頭一看才發現已經輪到我了。

店員再次詢問我要點什麼飲料，身後的人群開始竊竊私語，無奈的我只能和店員說抱歉並離開。

陳敏翻了個白眼轉身就走，我心不在焉地跟著。

她端著手機不知道在和誰講電話，什麼終於湊到一個了，就是班上的那個怪……太不禮貌了，我還在後面呢！

未免讓心情更加低落，我慢下腳步。

初秋的黃葉漫天紛飛，此刻的我可沒什麼心情關注景色。

匆匆一瞥，突然被一抹身影定著視線——方黎。

在我哀怨還有什麼是比遇上陳敏來得更倒霉時，方黎出現了。

她穿著橙紅碎花的衣裳，搭配寬鬆的長褲，站在不遠處的一家二手ＣＤ店門前，那姿態如同在拍攝一張八〇年代風格的海報。

我的心跳猛然加速，並非因爲她過於迷幻奪目的身影，而是她就站在對面的街道，與我距離不到百步。

幸好，她專注地凝視著ＣＤ店的櫥窗，沒留意到我和陳敏的存在。

然而，我似乎能預測到，接下來的幾秒鐘內，她會回過頭，我們會碰面。這會是我改變行程後遇上最可怕的意外。

「我突然想起那家咖啡廳今天沒有營業。」我罔顧講著電話的陳敏，走到她身前揮揮手打斷，「我們換個地方好了。」

一湊近，我能聽見電話那頭傳來的聲音，對方帶著質疑的語氣問：「眞的找那怪咖湊數？」

陳敏匆匆想要結束對話，掐斷電話，她泰然的表情，似是不在乎我有沒有聽見。

說實在，我也不在乎他們說了什麼，危機逼在眼前，我愼重地告訴她，「我們必須換個地方。」

「沒開？那要換去哪？」

「就到……」慌亂的我想不起任何地點，「我家……」

「去你家？」陳敏露出不可思議的表情。

「樓下的便利商店……」

「不要！」她翻了白眼一口拒絕。

「附近的甜點店。」我接著掰下去。

附近哪有什麼甜點店，但當下之急還是先離開再從長計議。

「就去哪裡吧。」

我轉過身引領著她走往反方向，我邊走邊忐忑地回頭看著對面馬路的人。

「你爲什麼走得這麼快！」陳敏跟不上我的腳步，在後頭不滿地抱怨著，「等等我啦！」

「沒有，我只是……」

「等一下！」

陳敏的表情從煩躁轉變爲驚訝，我尚未意識到發生什麼事，但不好的預感節節攀高。

回過頭的那一刻，我的世界瞬間上下顛倒。

因爲急著想避開方黎，一時不留意，我撞上了燈柱。

「咚」的一聲巨響，我天旋地轉地跌坐在地。

「你……還好吧？」陳敏上前，眼神探究。

我無法開口，只能揮揮手回應。

短暫而強烈的暈眩後，隨之而來的疼痛感也逐漸加深。我捂住額頭，希望沒人留意到這令人尷尬到窒息的場面。

然而陳敏剛剛的呼喊聲太大了，幾個路人轉過頭來看向我們。我顧及不了其他人的目光，擔憂地看向馬路對面的那女孩。

一抬頭，我立即迎上她的視線。

她平靜又深沉地看著我，那姿態彷彿是早就發現了我的存在。

心虛之下，我遮遮掩掩地低著頭，她莞爾一笑，似是對我如此掩耳盜鈴的做法感到有趣。

接著，她快步走來，「聿珩。」

終究還是碰面了。我不情不願地放下企圖遮擋的手，暗裡感嘆「是福不是禍，是禍躲不過」。

對於方黎的出現，陳敏瞪大了眼，很是意外，「今天是什麼日子，這麼巧遇上你們兩個怪——」

對上方黎冷冽的目光，她很快住口，沒把話說完。

「我住在附近。」方黎回答陳敏，可目光一直停留在我身上。

「妳也住這附近？」陳敏驚訝，「溫聿珩也是住在這附近呢！」

方黎意味深長笑了笑，「我知道。」

我忍不住看向她，她那過於強烈的目光，讓我有種被盯上的感覺。

陳敏拍拍手打斷我們的對視，「那很好，我也有事需要和妳商量，一起去咖啡廳聊聊吧！」

方黎皺了皺眉，帶著和我同樣的疑惑，「什麼事？」

「在這說不方便，一起到咖啡廳聊聊好嗎？」

「去哪？」

「原本是想到轉角的咖啡廳，但溫聿珩說那家咖啡廳今天沒有營業。」

方黎打破我的謊言，「我剛路過那裡，今天有營業。」

「哦，那爲什麼溫聿珩說沒有營業？」陳敏轉頭看向我。

我心虛地摸了摸鼻子，「我猜的。」

「什麼嘛！亂猜。那我們就去那裡吧！」

我嘆了口氣，無可奈何地站起身。陳敏看著我掩嘴而笑，「你的額頭腫了一大塊。」

「沒事。」我揉著額頭故作鎮定。

或許是我的動作太笨拙了，陳敏忍俊不禁，「你眞搞笑耶！」

她笑著回頭再次拿起手機，不知在跟誰說話，說什麼又找了一個……

「還好嗎？」方黎指著我的額頭說。

她的語氣過於平淡，我想，她只是隨口一問。

我依然覺得很疼，但此刻的我只能裝作若無其事，「沒事。」

方黎沉默地看著我，見狀，我撇開視線。

氣氛漸漸變得怪異，時間彷彿一瞬停滯，陳敏吱吱喳喳的聲音消失了，落葉不往下掉，就連風也好像不吹了，所有的人、事、物猶如定格一般。

就在我又開始過度呼吸時，方黎從帆布袋裡拿出個ＯＫ繃。

「你這裡。」她指了指眉間，「瘀青了。」

我遲疑幾秒，接過她的善意。

風繼續吹著，落葉緩緩落下，陳敏掛斷電話後催促著我們兩人，時間恢復正常的行走……

來到轉角的咖啡廳，陳敏一推開門就選擇坐到靠近角落的位置。

今天的客流不多，店裡的氣氛清靜。

「歡迎光臨，請問要點些什麼嗎？」店員在我們坐下不久就送上菜單，不過一分鐘，她就拿著紙筆前來點餐。

「我要一杯冰拿鐵，還有一份招牌奶油蛋糕。」陳敏很快把菜單交回給店員。

「冰美式。」方黎看也沒看一眼菜單。

「冰美式。」我沒心情看菜單，隨意附和。

「好的，請稍等。」店員很快便離開。

點好餐後，陳敏開門見山，從背包裡拿出了兩張海報，一一放到我們的面前。

「這就是我要和你們說的。」

我盯著那張海報，大量的粉紅色字眼刺痛我的雙眼。

「是這樣的，再過一個星期就是學校假期，我們社團舉辦了五天四夜的探險旅行，旨在回歸大自然。首先，我們會去爬山，在山頂度過一夜，第二天一早回到森林露營，之後會有森林探險、尋寶、釣魚……」

陳敏指著海報說得眉飛色舞，我盯著海報聽得意興闌珊。

「非常好玩有趣，剩下的名額不多，就剛好兩個。今天這麼巧遇見你們，我就把名額預留給你們。費用不貴！」

陳敏說了個數目，方黎冷漠地回應：「我沒興趣。」

「爲什麼？難道妳有什麼計畫？」

「是。」

陳敏熱情的表情驟然褪去，「哦，那妳是參加哪個社團？」

「我沒有參加任何社團，打算自由行。」

陳敏哼笑一聲，「自己一個人多沒意思，不如和同學一起更好。」

「我跟你們幾乎沒有交集，還不如自己一個人更自在。」

方黎直率的回答讓場面變得尷尬。

陳敏愣了幾秒，僵著笑容遊說：「話也不是這麼說，妳就把這次當作是認識我們的最好時機。」

「沒必要。」方黎漫不經心地攪拌剛送上來的飲品。

陳敏的笑容裂出一絲憤恨，她不甘心地瞥了方黎一眼，然後把目光轉到我身上。

我根本沒有留意這硝煙瀰漫的對話，僅盯著眼前的冰美式。這不是我平時會點的飲料，只是不想讓大家等所以隨意亂點。陳敏和方黎選的咖啡品項不同，論口味，其實拿鐵更適合我，可我下意識地跟隨方黎的選擇。

淺嘗之前我還抱著希望，可喝下一口我就馬上懊悔。這味道並不香醇，反而帶著難以入口的酸澀。心裡的小人紅著臉又要抗議，幸而陳敏打斷了他們。

「那這麼好的機會，就留給溫聿珩你一個人！」

被點名的我愕然抬頭，她篤定的口氣讓我非常爲難。她甚至沒有開口詢問我的意見，就劈里啪啦地說著必須繳付的費用。

我不想讓她難堪，等她把話說完，我才笑了笑，「我考慮一下。」

發現我好像也沒有意願參與，陳敏的情緒來到臨界點，她擰著眉雙手抱臂，不爽地說：「有什麼好考慮？你再也找不到像我們待遇這麼好的社團！」

我張著嘴還沒說話，方黎冷不防打斷，「我覺得你們的安排很不妥當。」

陳敏發出尖銳的聲音，「什麼不妥當？哪裡不妥當？」

方黎瞥她一眼，「爬山還自搭帳篷，太耗體力了。」

「我們中間有休息三十分鐘。」

「兩點才上山，正常情況下，需要三小時才能到山頂，但要預留一到兩小時，以免天氣突如其來的轉變。如果真有什麼突發情況，到山頂已經是晚上了，對於沒有爬過山的新手，昏暗的光線絕對不是個好選擇。妳安排行程時，難道都沒有考慮過這些問題嗎？」方黎的語氣平淡。

氣氛一度劍拔弩張，陳敏怒瞪著方黎，「這些都是小事！我會和團員們商量，可以再做修改……」

「要修改的問題太多了。還有，妳說的那些收費也很不合理。前幾天我聽見妳和其他同學說的分明不是這個數目，怎麼換我們就提高了那麼多？」

陳敏一度無法做好表情管理，她漲紅著臉對著我說：「可能……我記錯了吧。我回去看清再告訴你！」

我點點頭，企圖化解濃厚的火藥味，「好的，我會好好考慮。」

「星期一再聯絡好了！」陳敏說完站起身憤然離開，留下了一口也沒有碰的奶油蛋糕。

融化的奶油依然夾帶著奶香味，而冰拿鐵融化的水珠慢慢在桌上積成小水灘，流到了那兩張毫無美感的海報上。

「你還考慮？」方黎一手托腮，一手攪拌著咖啡。

陳敏沒有把招惹來的方黎帶走，這讓我很困擾。隨意地應了一聲，腦海開始尋思各種逃離的藉口。

「你應該知道，她是爲了湊人數才迫於無奈地叫上我們。」

這點我倒是清楚得很。

陳敏曾在班上說過，距離度假村提供優惠的指定人數還差兩位，要是湊不夠人數，就沒有優惠卷。如此看來，陳敏不僅想讓我們湊數，還想讓我們多付費用。

不過，即使知道陳敏的用意，我仍然沒有感到憤怒或不服，只是毫無波瀾地盯著海報。

前幾天晚上起身上廁所時，經過廚房，我意外聽見媽媽提議要在假期時舉辦家族旅遊，羅宇沒有立即答應，表示要看能否向公司請假再決定。

說實話，我不想參與陳敏社團舉辦的旅遊，更不想參與家族旅遊。我哪也不想去，只想一個人安靜地待在家，但媽媽肯定不會允許。

我確實拒絕過太多次家庭聚會，每一次拒絕，都隱約感受到媽媽的爲難和難過，但勉強自己參與其中，又感覺度日如年。

所以，若想要拒絕家庭聚會，又不會讓媽媽感到難受，最好且唯一的辦法就是告訴她，我要參加學校社團的旅遊。

「那是個悠長的假期。」我低聲呢喃。

又喝了口冰美式，味道還是無法適應，我皺著眉端起一邊擺放的糖漿倒入杯中。

方黎說：「你應該點焦糖拿鐵。」

我抬眼看她，她補充，「那款味道會甜一點。」

我口是心非地說：「我不喜歡甜的。」

「哦？」她眼含笑意，「那你拚命往杯裡加糖漿是怎麼回事？」

動作一頓，被抓包的感覺很糟糕，這讓我回想起另一件糟心事——漫畫。

她那本天馬行空的漫畫，現在還在我的背包內。

我知道我不該當面向她問清楚，畢竟問了，就違反了我想要裝作不知情的事，但即使裝作什麼也不知道，我好像還是無法和她劃清界線。

「你好像有話想和我說？」方黎看著我。

她的眼裡完全沒有剛剛和陳敏對峙時的犀利冷漠，甚至有點溫柔？說不上來，我幾乎沒被誰用這種眼神看過。

喝了一口咖啡，緩和了情緒，我嚴肅地看著她，「妳的貓找到了沒？」

「找不著了，我也沒繼續找。」

「爲什麼？」

「因爲……」

她眼眸閃過一絲光芒，我知道她又要編故事，於是搶先一步回答：「因爲那都是假的，對嗎？」

她面露意外，我一拍桌子，「那隻失蹤的貓是假的，對吧？」

「你的意思是，我遺失的是一隻沒有生命、假的貓咪？」

她還給我裝作聽不明白，想繼續糊弄我。我著急地道：「我的意思是，妳根本沒有貓，妳說的一切都是源自於妳漫畫裡的故事情節。」

氣昏頭的我，邊說邊把冊子從背包拿出，想看她臉色一變、慌張尷尬的模樣。

可她沒有，她只是平靜地接過，「你怎麼會拿到這漫畫？」

「不知道。」

仔細一想，應該是在圖書館撞上她時，把她手中的書和我掉落的書搞混了。因爲我急著遠離她，也沒有仔細看手上的書，就全數塞進書包裡。

「所以你看了嗎？」她靠在椅背翻了翻冊子，漫不經心地問。

「是看了，但提前是，我並不知道那是屬於妳的。」未免她興師問罪，我提前打好預防針。

「然後？」

「什麼然後？」

「你知道了，就繼續看下去？」

我有些委屈，「我也是看到結尾才知道的……」

「你怎麼確定是我的？這裡沒有寫上名字。」

「如果不是妳的，那麼肯定是有人在監視我們，再把我們的一舉一動畫成漫畫。」我沒好氣地道。

她輕笑一聲，似乎被我的話逗樂了，但這一點都不好笑！

「所以……我根本沒有嚇跑妳的貓吧？還有，那天妳在便利商店和我說的亂七八糟言論，都是騙人的！什麼虛構的城市，這一切都是妳漫畫的故事，妳就是故意說出來嚇我的，對吧？」

面對我咄咄逼人的態度，方黎從頭到尾都表現得從容淡定，甚至答非所問，「你拿到的是漫畫的初稿。」

「什麼？」

「那只是初稿，還有很多情節和細節需要修改排列……」

「我沒興趣知道。」

「牠叫『午夜』。」

「誰？」

「那隻貓，牠的名字叫『午夜』。」

「我說了，沒興趣知道。」

「是午夜最先發現牠們生活在虛構的城市。自牠覺醒以後，黑暗力量就全面通緝牠，只要被找到，牠就會被入侵、失去自我，所以牠必須逃離。牠告訴了經常餵食牠的女孩這個祕密，女孩得知祕密的代價和午夜相同，因此兩人決定一起潛逃到安全的地方。但是無論去到哪裡，黑暗就會追到哪裡，就好像陷入了一個永無止境的循環之中。

「有一天，女孩放棄逃跑了，但午夜告訴她，如果被黑暗吞噬，女孩就再也無法回到眞實的城市，也無法看見陽光，永遠墜入無邊無際、飄渺虛無的黑暗中。

「所以她必須逃，無論多麼艱難，爲了明日的太陽，她必須逃。只有逃到虛構城市的邊緣，才可以回到眞實的世界。」

方黎說故事時，有種讓人難以抗拒的魔力，我不禁深陷其中。

我忘了要責問她的那些話，反倒追問：「午夜是一隻會說話的貓？」

「嗯，牠是隻會說話的貓咪。」她眼裡散發著柔和的光芒，那神態猶如在和我說童話故事。

「然後他們逃到這座城市。這裡和其他的地方完全不一樣，特別溫暖，到處都有花朵綻放，樹上的小鳥會在她家的窗邊唱歌。女孩很喜歡這裡，想要留下來，但午夜告訴女孩，這只是過站，不是終點，還是必須繼續前進。女孩答應了，不過，這一次卻發生了意外，在準備穿越到另外一座城市時，有個男孩騎著自行車出現，打斷了這一切……」

我知道她說的那個人就是我，於是我反駁，「那她現在也可以離開。」

「午夜是女孩的引路貓，沒有牠，女孩找不到出口。」

「那怎麼辦？」

「她被迫留下，可黑暗悄無聲息，沒有預警，一旦占領就會開始吞噬。沒有覺醒的人察覺不了，但已經覺醒的人們會知道，他們會看見……」

「看見什麼？」明明知道不該繼續聽她胡扯，又控制不住好奇心追問。

「看見這裡不再有陽光，天空無時無刻都掛著月亮。月亮又大又圓，而且……」

她慢慢向前，越來越靠近我，我不自覺地後退。

「而且什麼？」

窗外驟然被黑壓壓的雲朵籠罩，冰美式的水珠一滴滴慢慢沿杯面流下，桌面暈開了一灘水跡，方黎的食指輕輕觸碰桌面上的水，在玻璃窗上畫了一個大圓圈。

「而且掛在天空中的月亮是紙做的……」

烏雲密布，我趕在大雨前回到家。

彷彿在擺脫什麼洪水猛獸，我用力地關上門，抵在門上喘氣。

悠悠坐在沙發上歪著頭看我，我意識到自己的動作太大，深吸一口氣，我裝作若無其事地到沙發上坐著。

「你今天爲什麼這麼晚才回來？」悠悠把視線轉回電視機上。根據往常的計畫，我的週六本不該出門，下午有一小段時間該坐在沙發前陪她看無聊的卡通。

她不高興地道：「你錯過了。」

我心神不寧，「我遇到了一些事。」

「什麼事？」

我不知道怎麼回答，敷衍一笑想要帶過。

悠悠又開口：「幸好我都錄下來了。」

她拿著遙控器對著電視按了按，畫面不斷閃跳並出現雪花，不對勁的感覺越來越強烈，但我無法具體說出哪裡不對勁。

她「咦」了一聲，「怎麼沒有？」

我盯著電視，「會不會是妳按錯了，沒錄到？」

「我沒按錯。」她生氣地坐在一邊。

這時，電視機突然跳到某個頻道，畫面的像素很低，我還沒看清，電視又跳到另一個頻道，不是熟悉的卡通畫風，而是懷舊夢幻的漫畫風——

女孩在一間空房間裡醒來，環顧四周，推開房門走向室外。

街道一片寧靜，風將地上的落葉吹起。

商店正在營業中，但店內卻空無一人，道路上也沒有車輛來往。

她背對著一片橙紅色的天空，彷徨無助之時，身後傳來一道低沉的聲音。

「這座城市已陷入沉睡，不久將會被黑暗吞噬……」

我搶過遙控器馬上把電視關了，頓時鴉雀無聲。

我轉過頭，正想用「電視機好像壞了」當作藉口說服悠悠，發現悠悠並沒有坐在沙發上。

沙發上坐著的，是一隻黑色貓咪。

屏住呼吸，在寂靜的這幾秒鐘裡，我感覺到陣陣寒意。

貓咪緩緩轉頭看向我，那刻，我突然睜開眼睛——原來只是夢一場。

虛驚一場，我喘著氣，有種劫後餘生的感受。

看一眼鬧鐘，發現已經凌晨十二點。我再次平躺在床上準備入睡，可閉上眼，我又聽到貓咪的叫聲。

靜謐的夜裡，那一聲聲細細的喚聲狠狠揪住我的心臟。

是幻聽嗎？

貓咪的聲音很快消失，我按兵不動。

不知過了多久，聲音沒再響起，正要鬆一口氣，我赫然發現窗邊閃過一道陰影。

鬼迷心竅，我猶如失去神智般地起身來到窗前，緩緩拉開窗簾，巨大的月亮不知何時降臨在窗前。

打開窗戶，我戰戰兢兢，慢慢伸出手，戳了一下……

第三章

秋天將至，天氣漸漸轉涼，最近一直在下雨，時而大，時而小。

今天是中秋節，顧名思義，就是相聚在一起團圓的好日子。我們家挺注重這節日，每一年都會參與社區舉辦的中秋晚會。

今年的活動羅宇原本也想參與，奈何臨時加班回不來。這對我來說沒什麼影響，可媽媽卻有些失落。

在吃晚餐前，悠悠興奮地把收藏已久的燈籠，從儲藏室裡翻找出來，一直喃喃著要下樓提燈籠。

「吃過晚飯後再一起去吧！」媽媽安撫她。

她點了點頭，歡快地跑到餐廳等待晚餐。

我已經過了愛提燈籠的年紀，但還是配合悠悠拿上一個。

走到飯廳前，經過窗邊，我疑心地掀起窗簾盯著窗外景色——暮色四下，明月尚未顯現，烏雲卻已蠢蠢欲動。

那天的夢中夢，使我對月亮產生了敬畏之心。

巨大月亮降臨在窗前的惡夢仍歷歷在目，我平時很少做夢，但從方黎闖入我的生活之後，各種光怪陸離的夢開始頻繁入侵。

那些怪奇又不可思議的事物深深植入，令我在編寫日程表時心不在焉，渾渾噩噩的狀態下，我居然還寫上「方黎」二字，回神後我速速劃掉。

她的影響力實在太可怕，什麼黑暗入侵都不如她的入侵來得駭人。

無論做什麼，我都會聯想到她，一想到她我就失眠，一失眠就容易胡思亂想，一胡思亂想，我又容易做惡夢。

日日夜夜，惡性循環。

今晚，媽媽準備了我最愛的火鍋，可我卻食之無味。

「你怎麼都不吃？」悠悠嘴裡塞滿食物好奇地問。

我並沒回答她，只是敷衍地夾起肉片往鍋裡涮了涮。

趁著媽媽走到廚房，悠悠湊近我小聲道：「告訴你一個祕密，昨天我聽見爸爸和媽媽說，假期要帶我們到海邊度假！」

手一鬆，肉片漸漸消失在我的視線中，濃濃的白煙急速升騰。

羅宇向公司請好假了？我忍不住嘆了口氣，悠悠聞聲滿臉疑惑地看著我，「你怎麼不高興？」

我抿了抿嘴，勉強地牽起嘴角。

說實話，聽到這消息的我眞的高興不起來，因爲我不想去。

我承認，我一直是家裡最不合群的人，每一次的家庭聚會，我總是找各種藉口推辭。而每次的推託，都會讓媽媽感到無奈失望，她一直希望我可以融入這個家庭，奈何總是事與願違。

「怎麼了？」媽媽端著菜來到飯桌，似是發現氣氛不對，她看向古靈精怪的悠悠好奇地道：「妳偷笑什麼？」

悠悠捂住嘴搖搖頭，然後朝我眨眨眼。

媽媽還想追問，門鈴忽而響起打斷了她，她便前去開門。

我放下筷子失魂地盯著冉冉升起的濃煙。

「怎麼又不吃了？」

悠悠這年紀已經有了打破沙鍋問到底的習慣，如果我沒有給出一個答案，一個可以終結一切問題的答案，她就會繼續問下去。

於是，我說：「我剛剛吃點心吃得太飽了。」

「你剛剛吃了什麼？」

「點心。」

「什麼點心？」

還未來得及回答，媽媽的聲音打斷了我。她帶著罕見的驚訝口氣說：「你……朋友來了。」

朋友？這個陌生的用詞，讓我愣了幾秒才反應過來，我未曾有過交情好到會上門拜訪的朋友。好吧，我連個朋友都沒有。

我起身快步走到大廳掀開那位「朋友」的神祕面紗，這一刻，我的內心焦慮而疑惑。

大廳距離飯廳的大約十步，如果不是因爲隔板阻擋，我早就在對方進門時得以一探究竟。

然而，急不可耐的我在見到訪客時，瞬間有種想要倒退回去的衝動。

方黎。

見到她的那一刻，腦中的第一想法是，會不會我仍處於夢中夢？

我掐了一下手臂，感到該死的疼，這顯然不是夢。

「聿珩。」

方黎必定是瞥見我一閃而過的驚慌，所以才會笑得如此燦爛。

「妳怎麼會來這裡？」因爲太過驚訝，我的口氣中帶著平時沒有的激動。在意識到媽媽的不滿注視後，我強壓情緒，「妳找我有事嗎？」

方黎顧左右而言他，「我沒打擾你吧？你們在吃飯？」

「沒關係沒關係，妳來得正好，一起吃吧！」似是沒想到我居然會有找上門的朋友，媽媽十分欣慰地看著我，然後快步回到廚房。

媽媽一走遠，我立即沉著臉盯著方黎，「妳爲什麼會知道我住在這裡？」

我盡可能壓低聲音責問，方黎看著我沉默半晌，「你瘀青好了？」

她說的是好幾天前不小心撞上燈柱的糗事。我以爲她想嘲笑我，瞪了她一眼，卻發現她目光明亮柔和，並不存在任何嘲諷，倒有幾分關懷的意味。

我抬手碰了下眉間嘀咕：「早就好了。」

「我正好路過這裡才過來的。」方黎轉移視線，東張西望。

「正好路過？」我打量著她，帶著質疑的語氣，「妳爲什麼會知道我住在這裡？」

「是一隻飛過我窗前的小鳥告訴我的。」她的目光又回到我身上。

看她那一本正經胡說八道的表情，我不禁咬牙切齒。我警告她，「請妳說話正常一點。」

方黎聳聳肩，看似無所畏懼。我被她的態度惹怒，又忌憚在家裡，只能低聲責問：「找我什麼事？」

「我把漫畫的第一章節修改好了，閒著無事就送來給你。」

她從背包裡拿出那本黑色封面的厚本子，腦海裡的警報聲嗡嗡作響。我撇開目光急促道：「我沒說想看。」

方黎一言不語。

此時，媽媽意識到我們還在客廳，喚了聲，正從飯廳走來。腳步聲緩緩逼近，方黎仍舉著冊子保持不動，爲了避免引起不必要的麻煩，情急之下，我只能收下那本漫畫藏在身後。

「怎麼還站在這？快進來，吃了晚餐再走。」媽媽熱情地招待方黎。

方黎看了我一眼，我微微地搖搖頭，可她似乎一點也不懂得看眼色，轉而跟著媽媽走進飯廳。

我愣了愣，慌張地把漫畫拿到房間隨意一放，再回到飯廳時，方黎已經在和悠悠交流了。

悠悠對她充滿好奇，不停發問，而方黎的態度一如往常平淡。不過，她倒沒有給人冷傲的感受，只是很平靜地回答悠悠的每個問題。

多了一位陌生人的晚餐，沒有我預料般的難受拘謹。即使我猜不透這位不請自來的訪客到底有何意圖，她淡然沉靜的情緒，並未讓人覺得不適，她只是專心用餐，沒有和我有過多的眼神接觸。

飯後，媽媽又留下方黎吃月餅。

這回方黎拒絕了，「不了阿姨，我該回家了，感謝您的招待。」

我聽聞不禁鬆一口氣。或許表情太過於明顯，惹得方黎側目相望，我只能若無其事地舉起茶杯喝茶。

「還早呢！不如和我們一起到樓下參加中秋晚會。」

媽媽的提議差點讓我灑出手中的溫茶，但我依然佯裝鎮定。

感覺到方黎的視線又轉移到我身上，我盯著杯中的熱茶吹氣，然後微微搖搖頭。

那意味著什麼再明顯不過，可她居然答應了媽媽的邀約。

我總算明白了，她不是不懂察言觀色，而是存心和我作對，見我把情緒都寫在臉上，她還是保持微笑。

我突然覺得，其實也沒有必要那麼抗拒她，對我，她從來沒有表露過任何敵意。

「那太好了！」悠悠拍手歡呼，拉著她到客廳挑選燈籠。

燈籠大多屬於普遍的傳統造型，方黎挑了個綠色的，拿了紅色的給我。我無奈地接過。

媽媽和悠悠先一步下樓，我把門鎖好後，趕上了第二趟的電梯。

電梯裡除了方黎和我，沒有其他人。方黎對手中的紙燈籠深感興致，她臉上充滿好奇的表情讓我覺得陌生，她的模樣不像我印象中那個冷漠疏離的女孩，倒有點像悠悠剛拿到新玩具的樣子。

「我以爲妳不喜歡這樣的聚會。」電梯門關上，我按下電梯鍵。

她沉吟片刻，「挺有趣。」

「一點也不有趣，我們必須提著燈籠，陪著一大群小朋友圍著公園繞好幾圈。」

「那更有趣了。」

「妳沒聽明白我在說什麼。」

「我以前沒提過燈籠。」

「是嗎？」

「嗯，我之前居住的城市裡沒有眞正的月光。」

電梯降到底層，門一開，一陣冷風驟然吹進電梯裡。

我們走出電梯，來到公寓樓下人群聚集的地方。各個角落都掛滿了五顏六色的燈籠，大家歡聲笑語，樂在其中。

我抬頭望向天空，只見烏雲不見明月。不遠處的電線桿上，不尋常地站滿了黑壓壓的小鳥，牠們排列整齊，密密麻麻。

「到底是哪隻該死的小鳥告訴她我住這的？」我喃喃自語。

小鳥們彷彿聽見了我的埋怨，一致低下頭，安靜地望著我。

見狀，我心頭一驚，趕緊往人群中走去。

參加中秋晚會的人潮很多，大人小孩都提著燈籠，相聚吃月餅、品茶、猜燈謎。

我認爲這活動非常無趣。

一直以來，凡是和交際有關的場合，我都不會參加。中秋晚會的破例，也只是滿足悠悠的小小要求。

但是今年不一樣，今年的中秋節有方黎，一個總是讓我措手不及的女孩。

「燈謎猜中有獎喔！」晚會發起人站在台上宣布，「歡迎大家踴躍參加。今年贊助商贊助的大獎，是這盞美麗的七彩燈籠，象徵『如意吉祥，花好月圓』。」

「一起去猜燈謎吧！」媽媽喚著大家，她最喜歡猜燈謎。

我意興闌珊地擺擺手，「我不去了。」

方黎好奇地問：「爲什麼不去？猜中有獎品。」

「獎品是燈籠，我們家已經夠多了。」

方黎指著舞台上擺放的獎品，「你家也有那盞七彩燈籠？」

「是沒有，但大獎肯定猜不中，猜不中就不要浪費時間。」

我不顧她帶笑的眼睛，轉而盯著手腕上的錶，此時顯示著八點鐘整。根據日程表，九點後我就必須回到屋裡。

今天是星期日，夜晚是遊戲之夜。原本預計兩個小時的遊戲時間，如今已分配一半給中秋晚會。

「不能再拖延，最遲一定要在九點之前回去。」

我一抬起頭，媽媽和悠悠早已不知去向。

這種情況很常見，我經常會陷入自我的小宇宙裡，等我回神時，我已經和其他人處於不同頻道……不，或許我一直都和別人處於不同頻道。

親近的家人早就習以爲常，他們不會打斷我，任由我肆意陷入自我世界，可其他人就會對此感到厭煩，就好比學校的同學們。不過，這不是人們疏離我、背地裡稱呼我爲「怪胎」的主要原因。

我不在乎，仍然在做我認爲該做的事——吃飯、睡覺、寫日程，每天過得像執行任務般。

或許別人會覺得這樣的生活沒有意義，但是對我而言，安逸更重要。事情不該有所轉變，我不允許轉變的發生，轉變意味著變數，變數意味著危機，所以最好還是一如往常。

我獨身一人，之前如此，之後亦該如此。

然而，今天有人留了下來，變數已經發生。那麼，方黎會是我的危機嗎？

不想得到驗證，於是我保持沉默，無論她說什麼都裝作沒聽到，直到她不耐煩轉身離開。

可她沒有，她一眼不眨，眼神深邃又沉靜地看著我。

最後，我先投降了。

「妳怎麼不跟他們過去？」

方黎笑了笑，「在等你。」

心瞬間加快跳動，那句話隱含著太過沉重的資訊，我裝沒聽見，拎著燈籠雲淡風輕地走到燈謎區。

眾多的燈謎，我們誰也沒有猜中，反而是在抽獎環節中，我抽到了一個小獎，獎品自然還是燈籠——一個會發光的貓咪燈籠。

下意識就想看向方黎，但理智勸阻我不要這麼做。於是，我眼睜睜地盯著閃閃發亮的貓咪燈籠。

這燈籠適合兒童，我打算轉送給悠悠，可悠悠在和社區裡的小朋友玩鬧，媽媽正和鄰居說話。

看大家都很忙，我打算獨自把燈籠提上樓，再扔在黑暗的儲藏櫃裡。

距離九點鐘還差十分鐘，熱熱鬧鬧的人群讓我覺得乏累。我看了眼方黎，她正凝視著我手上的燈籠。

我晃了晃手試探地問：「妳要不還是回家吧？很晚了，該回去了。」

本以爲她會拒絕，還在想著說服她的話，沒想到她卻一口答應。

我很高興她如此合作，可一抬眼對上她狡黠的笑容時，心裡又開始忐忑。

「那我就先——」

「你騎自行車送我回去。」

愣了幾秒，我才搖搖頭。

「這樣太不紳士了。」

「我本來就不是紳士。」

「好吧，那我只能自己走路回去。」

話雖如此，她仍然一動也不動。

已經越來越接近九點，我開始有些焦慮……

遊戲闖關到了第幾關？今天的網速似乎不太好，會不會影響我的戰績？必備的爆米花還有沒有存貨？冰箱裡的罐裝汽水，是不是只剩下無糖款？

獨自走在深夜的方黎，會不會發生什麼意外？

最後一個問題一蹦出便迅速占領我所有的思緒。回過頭，她仍在燈火闌珊處，我不滿地道：「妳怎麼還不走？」

她笑了笑，那眼神、那姿態和一小時前如出一轍，我瞬間心領神會。

計畫再次被耽擱。

時針悄然越過「九」，我騎著自行車前往另一條道路，像在遊戲中無意觸發的隱藏路線，我對未知的前程感到迷茫而忐忑。

「妳剛說，妳住哪個社區？」

夜風清涼，她規矩地坐在自行車後座，再次重複她住處的地址。

「哦？」我有些意外。

「蘇西婆婆的雜貨店樓上。」

大概是因為我沒回應，她咳了聲，似是打算補充說明，我點了點頭，「我知道在哪裡。」

自行車搖搖晃地前行，剛贏得的貓咪燈籠，被我隨手掛在車前引路，不知為何，我居然又聯想到她那神祕奇幻的故事。

不能多想，待會要獨自回家的人是我，現在就不該想這些事情。放空腦袋，我繼續前行。

經過了陸續打烊的商店，漸漸遠離繁華的街道。

穿過荒廢的花園，自行車行駛過一片乾涸的池塘，要是我和後座的人是朋友，我說不定會說：「看那池塘，我以前經常來這餵鴨子呢！」

可方黎並非我的朋友，所以我保持沉默。

拐進一條寧靜的小巷，來到一條尚未復興的街道，這裡就是方黎居住的社區。

往前走是古色古香的茶館，然後是營業至凌晨的漫畫店，再往前就會到達蘇西婆婆的雜貨店。

我都記得、認得，因爲在我七歲之前，也是住在這條街道。哥哥發生意外後，媽媽想要換個新環境生活，但經濟不允許，我們沒有搬到太遙遠的地區。不過搬走後沒多久，媽媽倒是眞的過上了新生活。

「一個燈謎都沒有猜中，太可惜了。」

方黎的話音幽幽地從我身後傳來。

「猜燈謎不是我的強項。」我回答。

「那你有什麼強項？」

我愣了愣，一時之間無法回應，「反正不是猜燈謎。」

「喔。」

她過於平淡的態度讓我不滿，我鬱悶地道：「妳也沒有猜中啊！」

「猜燈謎不是我的強項。」她模仿著我，語氣平靜。

「那妳的強項是什麼？」我也模仿著她。

「編故事、畫漫畫，你不是知道嗎？」

我被嗆得不想說話，無意中加快腳踩的速度。

「不過這些燈謎都挺難，會的人也不多。」

「我哥就很厲害……」

一時之間想起那些有趣的往事，我不自覺就脫口而出。

然而禁詞隨著風捲入我耳膜，我瞬間噤聲。並不是不想說下去，而是喉嚨像被什麼東西堵住般，使我張著口卻發不出聲。

「你有哥哥？剛怎麼沒看見他？」

冷冽的風灌入我口中，讓我感到一陣刺痛。我費力地清了清喉嚨，但發出的聲音依然十分沙啞，「他不在了，很多年前發生車禍……」

思緒浮上心頭，我緊緊握著自行車的把手再次加速。我想要立刻回家，想要倒在靜謐黑暗的被窩裡。

方黎沒有追問，也沒有說「我很遺憾」之類的安慰話，她立即轉移話題，這讓我緊繃的情緒放鬆不少。

「你妹妹挺可愛，不怎麼像你。」

「同母異父怎麼會像？」

爸爸在我很小的時候就因心臟病離開我，對他，我的記憶一直很模糊。

在我的記憶中，從小，我和媽媽、哥哥就三人相依爲命。我總是盼著成長，可我怎麼也沒想到，我的哥哥會在我七歲那年永遠離開，更沒想到，在哥哥離開的五年後，悠悠誕生了。

悠悠全名是「羅希悠」，她出生在春天，那時路上的樹都開滿了花，媽媽和羅宇的眼裡、心裡也都開滿了花，只有我心裡的感受很複雜，卻也說不上爲什麼。

方黎沉默一會，解釋道：「我說的不像，指的是性格。你妹妹開朗大方。」

我呢？她沒接著說，我也沒接著問，但我猜得到，肯定是相反的形容詞。「開朗」反義詞「陰鬱」，「大方」反義詞「刻薄」。隨便吧，這好像是第一次有人用「怪胎」之外的形容詞來形容我。

我不在乎她怎麼看待我，也不在乎說出家務事，畢竟這不是什麼不可告人的事。

沒想到，方黎卻和我說起她家的事，似乎是想做爲補償。

「我也有個妹妹，同父異母，但我好一陣子沒看見她了。」

我對他人的家務事並不好奇，但還是禮貌性地隨口一問：「妳們不是住在一起嗎？」

「沒有，我去年就獨自一人搬到這個社區了。」

「爲什麼？」

「一個人比較自在。」

「但是家人都不會反對嗎？」

眞不可思議，要是我毫無理由地告訴媽媽我想獨自生活，她肯定不願意。

「爸爸只是讓我萬事小心，沒有挽留，可能是覺得我很難相處吧。聿珩，我會難相處嗎？」

「我怎麼知道。」我嘴上如此回應，心裡卻想著「我又沒和妳相處過」。

轉過最後一個路口，這時她又轉移話題，「你決定參與陳敏發起的旅行嗎？」

「沒有。」

「所以你決定和家人一起到海邊度過假期囉？」

我十分驚訝，「妳怎麼知道這件事？」

「你妹妹告訴我的。」

我沒回答，她也不繼續問。

無人的街道上，風越颳越大，這使原本就低的氣溫再添上一絲寒意。

到達她家，她起身拍了拍我的肩膀，以示謝意。

我盯著蘇西婆婆的雜貨店，這裡一點也沒變，甚至連門口旁邊堆積牛奶箱的位置也一模一樣，懷舊的招牌依然高高掛著。

「這燈籠送給我。」她拿起我安穩掛著的燈籠晃了晃。

雖然我沒有想要，可爲什麼要給她呢？看著我不高興的樣子，她解釋道：「就當作是你把我的貓弄不見的補償。」

我冷冷盯著她，「妳沒有貓。」

方黎沒有說話，只是靜靜地看著我。

燈籠的光線聚集在她身上，顯得她神色清冷、雙眼純淨，在靜謐的夜裡，居然讓我對她產生一種飄渺仙氣的錯覺。

我錯開視線拉緊身上的外套，而在我前頭的方黎，依然還是穿著那件鮮豔的外套，微光之下，花俏的圖騰異常炫麗。

「漫畫記得要看。」

我遲疑幾許才開口：「爲什麼想讓我看？」

「因爲我覺得你有必要看。」

「爲什麼？」

「看了就知道了。」

方黎轉身走進陰暗的樓梯，她手中握著的燈籠發出微弱的光芒，那搖搖擺擺的微光，爲她驅散了包圍著她的黑暗。

回家的路途暢通無阻，我又回到熟悉的街道，可一切已經有所改變。

在我向她妥協，罔顧自己可能會遭遇的危機，轉而擔心她的安危，那一瞬，我就已經偏離正道。

會有什麼不測風雲嗎？但願不會太糟。

一回到家，就看見悠悠坐在客廳沙發上看電視。

她抬頭，愉快地和我打了招呼。我看向她，正要開口回應，卻被她身上的外套吸引。

那是一件黃色的外套，有些老舊，和我的某一件很相似。

我湊近一看，她身上穿的外套，正是我珍藏在衣櫃的黃色外套。

「妳怎麼會穿著這件外套？」

「嗯？」悠悠的視線從電視慢慢轉移到我身上，表情疑惑的她似乎搞不清楚我在說什麼。

「把外套脫下來還給我。」

她靜靜地看著我，慢慢脫下外套，我急著伸手想拿，她卻不願意放手。見狀，我生氣地用力一扯，她另外一手握著的橙汁倒在外套上。

心臟如同被什麼狠狠揪住，我控制不住情緒，提高聲量，「妳看妳做了什麼？」

悠悠委屈已久的淚水終於爆發，她哭著奔進媽媽的房間。

我沒心思理會她，把溼透的外套拿到廁所，倒上漂白水，在外套上又刷又洗。

「只是橙汁而已。」

媽媽不知何時站在廁所門外。想必向她哭訴的悠悠，已將事情的來龍去脈和她說得一清二楚。

我不回應，把水龍頭開到最大，水花噴得我一身皆是。

「你反應過於激烈了。」媽媽走上前把水龍頭關小。

「爲什麼……她會拿到這件外套？」

「我在收拾你衣櫥時，看外套髒了才拿出來洗。悠悠在陽台發現了這件外套，看尺寸大小適合，以爲是自己的，所以才會拿來穿。」

我雙眼發酸，手指發麻，「這件外套不是髒了，是舊了。」

媽媽沉默地看著我。

我低著頭，視線凝聚在外套上，「妳爲什麼不阻止她？這是哥哥送我的——」

「我知道。」

「妳知道……」我依舊低著頭，把狼狽隱藏在眼底。

「聿珩……」

媽媽似乎還想說些什麼，但我已不想再聽下去，我拿著溼透的外套逃回臥室。

打開窗戶，我把外套掛在窗前，想讓風晾乾，但今夜的風卻吹向另一側。

天空很暗，月亮依舊不知所蹤。

我疲累地坐在窗邊，無意中發現了一隻隻行走在窗戶邊緣的黑螞蟻。視線隨牠們的行蹤而去，思緒也被牠們帶領著回到過去——

那一年，我七歲。

在某個沒有月光的黑夜裡，我靠坐在窗邊，細數著路過的小螞蟻。

從第一隻數到第一百零九隻，媽媽還是沒有回來，看著牆上的時鐘，已經接近十二點了。

我洩氣地關上窗戶，再也不數了，或許媽媽早就忘記了要買蛋糕的約定。

我躺在床上，猛拉被子蓋過頭，這時，突然傳來一道聲響，是窗戶被人打開的聲音。隨後，床鋪震動了一下，有樣東西重重地落在我的床上。

掀開棉被一看，原來是哥哥，他正坐在床邊。

「是媽媽回來了嗎？」我抱著一絲希望問。

他搖了搖頭。見狀，我想再次鑽進被窩，卻被哥哥一把掀開被單。

「她有交代，要把這個給你。」

他拿出一個盒子，我接過盒子打開，裡面是個小小的巧克力蛋糕——她承諾過會買給我的蛋糕。

「快許願吧！」

哥哥點燃蠟燭，我興奮地對著蛋糕許願，正要吹熄蠟燭，哥哥搶先一步把蠟燭吹滅。我怒視著他，他反而嬉皮笑臉。

正要對他發脾氣，他突地拿出一樣東西擺在我面前，是個用紅色包裝紙裹著的禮物盒。

我快速拆開包裝，裡頭是一件黃色外套，和他一模一樣的黃色外套。

我迫不及待地穿上，尺寸恰恰好。即使心裡十分欣喜，我仍故作鎮定，「你不是說，我穿這顏色很難看嗎？」

他微微頷首，「這或許就是我買給你的原因。」

我沒理會他，心滿意足地拉緊著外套。

「許了什麼願望？」

「想要去那裡的遊樂園。」我指著不遠的遊樂園。

我們家就住在遊樂園附近，看向窗外，黑暗的城市裡，高大又明亮的摩天輪清晰可見。

哥哥搖搖頭，臉上帶有遺憾之情，「但你剛剛沒有吹滅蠟燭耶！沒吹滅蠟燭，願望不會成真。」

他輕敲我的腦袋，然後一口吃掉大半個蛋糕，我正要反擊，一陣狂風吹進屋內，蕭蕭的風聲貫穿空蕩的房間。

我和哥哥立即停止動作，對視僵持了幾秒，待「警報」解除才一同哈哈大笑。

我們所居住的公寓太殘舊了，每當大風來襲，總會感覺到整棟公寓搖搖欲墜。銳利的風聲貫穿整個房間，彷彿索命的怪物徘徊在身邊。

「風來的時候要安靜，要是被聽見聲音，它會找到你，將你拉到永不見底的黑洞。」每當颳風，哥哥總會這樣示意我。

「那又怎樣？」我問。即使年幼，我也清楚這是哥哥的惡作劇。

「你永遠都不會見到陽光。」

我毫無畏懼，他的恐嚇並非每次都能得逞。接著，他又說：「你再也見不到媽媽和我。」

這句話的後勁太強，懵懂的我恐慌至極，因此每當窗外的風颳得極大時，我都會安靜地待在被子裡，戰戰兢兢。

恐懼如影隨形，我每天盼著望著離開這公寓，可當如願以償之時，卻半點沒有欣喜之情。

搬走的那天，正好是哥哥離世後迎來的第一個冬天。

那是我有記憶以來感覺最冷的一個冬天，即使穿著厚厚的羽絨外套，還是覺得很冷。唇齒顫抖，雙手麻木，那種打從心底裡竄起的寒意，無論如何再也壓制不了。

因爲曾經溫暖我的太陽，已經被埋葬在六尺之下。

第四章

在迎來學校假期的前一星期，在羅宇開口提議到海島度假前，我搶先一步告知媽媽我參加了學校社團的旅遊。

「因爲同學說，只差我一個人就可以湊夠人數，讓大家享用優惠卷。爲了不掃興，所以我決定參加。」

我沒說謊，但差的人數不只我一人。

媽媽的眉頭緊鎖，我可以看出她的心情依然十分複雜。沉默已久，出乎我的預料，媽媽不再勉強，「既然你想和同學一起旅遊，那就去吧！」

在鬆了一口氣的同時，我也感到一絲失落，我知道有天她會漸漸不再那麼在乎，有天我甚至都不需要任何藉口，就可以輕鬆避開家庭聚會，而這一天似乎不遠了。

我不怪任何人，因爲這正是我的選擇。

自從那天的外套事件後，悠悠不再那麼纏我、黏我，不僅不主動和我說話，還會避開我。

一個人坐在電視機前，客廳裡只有電視的聲音。這是我想要的，可是不知爲何總覺得不對勁。

我關上電視回到房間，比我預計的時間早了一些。

陪悠悠看電視的行程刪除後，下午突然空出的時間，讓我百無聊賴。

當然還有其他的事情可做，但這些事情已經被標上指定的時間，提早完成會讓我很難受。

我已經多次更改日程表上的行程，失序讓我一直處於緊繃狀態。我不能再隨意亂來，寧可坐著、閒著，也不提前完成待辦事項。

無聊地盯著牆上的時間，我忽而想起那本漫畫。

猶豫再三，我還是敵不過好奇心翻開。

書頁一頁頁翻過，絢麗的色彩再次衝擊我的雙眼——

第一話　開端

不要嘗試用另外一個名字來呼喚她，因爲她不記得自己曾擁有過那個名字。

現在的她已經是個重新被塑造的人，即使看起來和從前沒什麼不一樣，但她心底很清楚，她早已回不到過去……

在午夜告知女孩「這座城市是虛構的」之後，她確實察覺異樣。

這段期間，社區裡總有人無緣無故消失，首先是麵包店的老闆，再來是海邊販賣冰淇淋的老人，然後是送報紙的年輕男孩……他們像塵埃般消失在廣大的城市裡。

最可怕的是，彷彿沒有人記得他們的存在。

午夜說，他們都是覺醒後，被黑暗力量侵蝕從而消失的人。

「下一個就輪到我們。」

這話並非虛言，女孩能感覺到黑暗力量潛伏在身邊，不時徘徊、尾隨、凝視。她不想成爲下一個消失者，所以決定跟著午夜離開這座城市。

離開前的那一夜，她做了個夢，夢見一個女人坐在她的床邊，用冷冷的、帶刺的語調，緩緩開口。

「無論走到哪裡都是枉然，屬於妳的末日一定會降臨在妳身上。在妳二十歲生日的那一天，妳將死亡，因爲這就是妳的宿命。」

女人伸手作勢要觸碰她，這時，她猛然驚醒。

窗、房門都緊閉著，但她放不下心，再次檢查。

最後，她來到書桌前，掀開小型日曆，上頭畫滿密密麻麻的紅叉。

她仔細數了數日曆上的日子，距離末日來臨還有……二百一十三日。

她帶著祕密，和午夜來到一座陽光明媚的城市。

她找了間小公寓住進，雖然空間小，卻有一扇很大的落地窗。

她喜歡在窗邊觀看街道上的人群，喜歡每天傍晚停留在窗邊歇息的小鳥，喜歡每天早晨灑入屋內的陽光。她太喜歡這裡，以至於捨不得離去。

或許是心心念念，當午夜帶著她前往另一座城市時，一個男孩阻擋了他們的去路，午夜因此消失在結界，她獨自留了下來。

她決定順其自然，暫且留下。

這裡一切都好，只是有個困擾，她總會遇到那奇怪的男孩。

阻擋她和午夜離去的那個男孩，每天都穿著同色系的衣服穿梭在街道，像個莫得感情的機器人在巡街。

無論是在點餐或買飲料，他都剛好排在她前方。那一雙無法聚焦的雙眼，會盯著菜單很久很久，即使身後的人群怨聲載道，他依然不以爲意。

有幾次，她還遇見他騎著自行車停在路口，呆望著十字路口。越過他時，她總會發現他眼裡的空洞無神，他彷彿是一具沒有靈魂的軀殼。

爲了避開這個奇怪的男孩，她避開他曾經去過的地方，可是她還是會在各個地方遇見他。

後來，在她到達新學校的第一天，她赫然發現，這個男孩竟然是她的同班同學。

那雙空洞的眼，開始有了聚焦之處。

漫畫到此戛然而止，配色與畫風比起原先的初稿更加迷幻，經過排列的故事也更加順暢。

方黎筆下的人物都充滿個人魅力，無論是潛伏在女孩身邊的神祕女人，還是那個奇怪的男孩。

尤其是那個奇怪的男孩……

我奮力闔上漫畫，那女孩如果是方黎，那麼這個奇怪的男孩……

「我是一個沒有靈魂的機器人？」

坐在圖書館的方黎緩緩抬起頭，用她一貫平靜的眼神看著我。

我的聲量大了些，惹來了周圍人們的異樣眼光，我趕緊拉開椅子坐下。

「你是在和我說話嗎？」方黎說完把視線轉移回手上的書。

我咬牙切齒，「當然。」

「我不明白你在說什麼。」

她事不關己的模樣讓我更火大。

「這個！」我拿出她的漫畫，攤開那一頁，指著畫中陰鬱又古怪的男孩。

她張了張口正要說什麼，圖書館館長走來，「同學不好意思，這裡是圖書館，麻煩你們小聲一點。」

我連聲道歉。對方離去後，我回頭瞪著她，「這角色是不是在影射我？」

「沒有。」

「沒有？」

方黎平靜地道：「沒有在影射你，這個人物確實是你。」

我氣急敗壞，「妳怎麼可以沒有經過我的同意就把我畫進去？而且，這個人一點都不像我。」

方黎一副理所當然，「不像你，那別人就不會知道是你。擔心什麼？」

「這是什麼歪理！」因爲實在壓不住怒氣，我又不自覺地提高聲量，惹來更多人的側目。

館長再次走來，方黎很識趣地把書歸回原位，離開了圖書館。我也在眾人異樣的目光中，拿著那本漫畫訕訕離去。

下午時分，學校人群已然散去，唯獨籃球場依舊人滿爲患。

我在人群中尋找方黎，卻意外遇見陳敏。她也看見了我，招手讓我過去。我假裝沒有看見躲開。

剛才下課前，陳敏吩咐我放學後先不要走，說是有話要跟我說，害我最後一堂課上得忐忑不安。

鐘聲一響，我以迅雷不及掩耳的速度收拾東西，逃離教室。

我知道我還欠她一個答覆，雖然已經確定會參加她的社團旅行，卻不想說出口。好像一天不說，就不用煩惱那天的來臨。

我加緊腳步逃離籃球場，也因此找不著跟丟的方黎。

我垂頭喪氣地推著自行車，正要走出校園，她忽然出現在我眼前。

「一起去吃拉麵吧。」

她擋在我的自行車前提出邀約，那口氣平靜得一點也不像是在和我道歉。我很不爽，一口拒絕。

「我家附近的小巷，開了一家很好吃的麵館。」

我正要再次嚴正拒絕，她就自動地坐上我的自行車後座。

「唉妳……」

「請你吃，當做補償你的心靈創傷。」

「妳！」

「別囉唆，再囉唆麵館就要打烊了。」方黎態度強硬，絲毫不容許我拒絕。

我本該無視她的無賴，但瞧一眼快追上的陳敏，我只能無奈地帶著方黎離開。

在她的指揮下，我拐進從來沒來過的後巷，到達她說的那間麵館。

麵館內光線微暗，或許是過了用餐時間，店內沒什麼人。

方黎隨意選了個位置，才剛坐下，店員就走來招呼。方黎沒看菜單，開口就點了招牌拉麵。

我看了下菜單，頓時眼花撩亂。麵條的粗細度有四種選擇，湯底有七種選擇，配料竟有多達三十六種，其中還不包括前菜。

我正襟危坐，「請給我一點時間。」

方黎抽走我的菜單，「請給他一樣的招牌拉麵。」

店員一愣，再次確認，「所以是兩碗招牌拉麵嗎？」

方黎搶先我一步回答：「是的，謝謝。」

店員走後，我不爽地道：「誰讓妳自做主張。」

「時間不早了，如果你眞的想慢慢選，下次早一點來。幸運的話，你在打烊前就能做出選擇。」

我無視她的揶揄，把視線轉到電視上。電視正重播著綜藝節目，音量很小，節目也很無聊，但總比面對方黎好多了。

盯著電視沒過一會，我又沉不住氣，「妳沒經過我的同意，怎麼可以把我畫進妳的漫畫裡？」

「因爲我知道你肯定不會同意。」

我瞪她一眼抗議，「正常人都會拒絕被醜化。」

「我絕對沒有醜化你。」

她說得眞誠，聽起來卻格外刺耳。

我轉移視線，不出三秒又不服氣地道：「我點餐不會盯著菜單很久，因爲我只會在特定的時間，到特定的餐廳，點特定的食物。」除非那個品項正好提早銷售完畢，那就另當別論。

方黎恍然點頭，「原來是這樣，我會修改這一點。」

我眯著眼，「這不是我澄清的理由。」

「如此循規蹈矩也太無趣了吧！」

餐點上桌，我攪拌著麵條辯解，「這是嚴謹，是謹愼。」

「那麼，謹愼又嚴謹的聿珩同學，這碗不在你特定菜單裡的拉麵，你覺得味道如何？」

香濃鮮美的高湯、嚼勁十足的麵條，搭配鮮嫩的叉燒，讓人吃起來欲罷不能。

「好吃呀！」我一時不愼就把眞心話說出口。

方黎逮住機會不依不饒，「人生處處是驚喜嘛！」

「可以是驚喜，也能是驚嚇。」

「你不能只想著壞的那方面。」

「妳不能只想著好的那方面。」

沉默幾許，沒發生想像中的唇槍舌戰，我們低著頭平靜地吃著拉麵，這種安寧意外讓人感到舒心。

「多放些青蔥才好吃。」她舀了一匙青蔥，正準備往我碗裡撒，我伸手制止她。

「那就多放一些辣椒粉吧。」

「不，不喜歡吃辣。」

「哦。」她若有所思地問：「你更喜歡甜食，對吧？」

我點點頭，抬起頭盯著她，嘗試在她深沉的雙眼之中看出一點線索，「妳剛剛是在試探我嗎？該不會連這些細節也要畫進去吧？」

「你多心了，聿珩。」

聽她這麼說，我試圖放下戒心。

她又開口：「但這確實能刻畫出人物個性，你現在不再只是個機器人，而是個喜歡吃甜食，但沒有靈魂的男孩。」

爲了不影響食欲，我決定不再和她說話。

吃完拉麵，方黎走到櫃檯結帳，我沒有和她爭相付錢的意思，在她結完帳後，我也沒有說出「下一餐讓我請」這類的客氣話。

「吃得太飽了，散散步吧。」方黎提議。

「不要。」

「到漫畫店吧，有本很有趣的漫畫想讓你看。」

「有比妳的漫畫還要有趣？」我帶著嘲諷的表情說。

她一點也不在乎，眼裡慢慢化開笑意，見狀我補充，「我不是在稱讚妳。」

「你可不可以不要一直說這些負氣的話。」

「妳可不可以把我從妳的漫畫中移除？」

「不行，因爲你已經出現在我的故事線裡，而且你的角色很重要。」

我一邊思索著她說這句話的用意，一邊牽著自行車走向她執意要去的漫畫店。

這不是我經常去的那間，這間漫畫店坐落於老舊冷清又隱祕的街角，若不是方黎帶路，我絕不會走來這裡。

老闆是個年邁的老爺爺，他似乎和方黎很熟，兩人抬手打了個招呼。

店裡的擺設很奇妙，密密麻麻的漫畫，讓人有種闖入異類空間的感覺。這裡的漫畫比較古老，大概是八〇、九〇年代的流行。我隨意翻閱，意外地被復古華麗的畫風吸引。

方黎逛了一會走到我身邊，「賣完了。」

「什麼賣完了？」

「我說要分享給你看的那本漫畫。」

「哦。」

「老闆說還會補貨，到時候買來送你。」

「不用。」

我無意中拿起一本漫畫，隨意翻閱到某一頁，一個極爲猙獰恐怖的鬼臉占滿整個頁面，我立即闔上漫畫，歸回原位。

「這個區域的漫畫類型確實不太適合你，看了你會做惡夢。」方黎指著告示牌顯示——獵奇恐怖。

我藐視她，「看了妳的漫畫我才會做惡夢。」

「怎麼會？裡面一點恐怖元素都沒有。」她想了一下，突然笑了，「該不會是因爲那隻會說話的貓吧？」

「不是。」

「那是什麼？」

「我要回家了。」我感到疲累，不想多言，揮揮手走出漫畫店。

方黎跟隨在後，「送我一程吧。」

「不順路。」我解開自行車的鎖，把自行車牽到道路上。

「紳士一點，聿珩。」

我本意拒絕，但一晃神，下一秒，我騎著自行車，載著她前往荒野花園的路。

「你應該知道那不是真的吧？」坐在我身後的方黎莫名其妙地開口，她總愛突然問我一些沒頭沒腦的問題。

「什麼東西？」

「那隻會說話的貓。你知道那是假的吧？」

「我當然知道，妳漫畫裡提及的一切，全都是假的。」

「也不完全是假的，有一部分是真的。」

「哦？該不會是關於紙月亮的那部分？」

「除了那些奇幻元素，其他大部分都是真實事件。」

「漫畫裡的女孩是妳對吧？」

「是。」

「妳真的有一隻貓？」

「曾經。」

「牠的名字叫午夜？」

「沒錯。」

「關於我的部分你確實醜化了？」

「沒有。」

那麼……我吞下差點脫口而出的問題。

穿過花園，我緊緊握著自行車把手，不知該不該問出心中最深的疑問。

到達她家公寓已是黃昏，暮色之下，一切奪目刺眼。

「謝謝你。」拍了拍我的肩膀，她轉身就要離去。

「妳說……漫畫裡一部分是眞實的……」

她停下腳步，回頭看著我。我接著說下去：「那麼關於女孩活不過二十歲的事……」

她靜靜地聽著，眼裡依舊一如往常的平靜。

「是什麼意思？」

「你認爲呢？」

「會……死掉嗎？」

爲什麼要問呢？剛把猜疑說出口，我馬上就後悔了，這想必是她最終的惡作劇。

意外的是，她並沒有如往常般露出不以爲意的微笑，而是站在原地，過了好久才開口：「好像是。」

夕陽照在方黎的身上，驅散了她曾經讓我感受到的黑暗與寒冷。她不再是那個讓人不敢恭維，只想遠離的女孩。

「再見了。」她回過頭往前走。

「方黎。」

幾乎不假思索，我第一次呼喚她的名字。

她沒有回頭，只是停下了腳步，揮了揮手繼續向前走。

我們分別之前，她的臉上沒有不安、沒有恐慌。

火紅的天空下，我一直在等她回頭對我說「我逗你玩的」，但她沒有。

單薄的背影慢慢消失在一片絕美的夕陽餘暉之下，寧靜之中，她始終沒有回頭。

距離學校的假期剩沒幾天。

自那天後，我再也沒有見到方黎，她也沒來學校上課。是什麼原因請了假，無人知曉。

我轉著筆坐在座位上，只要教室門口稍微有些動靜，我就會抬起頭望去，然而形形色色的人進進出出，就是沒有披著圖騰外套的女孩。

我感覺自己像是生病了，胸口悶悶的，猶如巨石壓著，總是喘不過氣，心不在焉，魂不守舍。而這些症狀是從那天她對我說了那些話後產生。

方黎會死嗎？我難以置信，實在無法把她連想成將死之人。

然而，那天的她看起來不像在開玩笑，我相信她也不會開如此無聊的玩笑。她既沒有糾正我的猜測，也沒有證實，只是說「好像是」。

所以那到底是怎樣？事情眞假難辨，我越猜越心煩。

她缺席的這幾天，班上沒有一個同學提問。記得陳敏生病一天沒來上課，就有同學組織要在放學後去她家探望她。身爲班上的人氣同學，有這樣的待遇很正常。若是我一星期沒來學校，應該也不會有人注意到。

「同病相憐的我們是否該互相照顧？」

這個想法在我腦海裡一閃而過，而我也行動了，卻次次半途而廢。好幾次繞到她家樓下的雜貨店，又沒有走上樓的勇氣。

從街道往上望去，紗簾後沒有她的身影，也沒有看見一件件披在陽台上飄揚的花衣裳。

消沉幾天，新的麻煩又找上門。第一件事，就是學校社團的旅遊。

我終於還是答應陳敏加入社團旅行，聽到我的答覆，她沉思幾許，勉爲其難地點了點頭。

本來以爲她會表現得更開心一點，畢竟能省下的費用不少。直到我查看名單才發現，名額早已籌夠，難怪陳敏不再追問，甚至對於我的加入感到爲難。

三十個人，加上我一個，三十一，現在我反而成爲多餘的那個人。

也罷，若不參加社團旅遊，就要參加家族旅遊，兩者之間我更傾向前者。

家族旅遊比社團旅遊早一天出發。

出發前，悠悠跑來我的房間，她雙手握著背包背帶，小心翼翼地問我是不是還在生氣才不去。我說不是，讓她好好享受假期。

她有些沮喪地站在房門口，直到媽媽呼喚她，才依依不捨地挪動腳步。

離開前，她膽怯地擁抱了我一下，說會給我買紀念品。

聽她這麼說，我感到愧疚，她眞是個善良又溫暖的小孩。

他們出發後，家裡就只剩我一人，但我也沒閒著，社團五天四夜的旅行，我一件衣服都還沒收拾。

一想到要面對視我爲異類的同學們，我完全提不起興致，眼看出發的日子逼近，我再也沒有藉口拖延。

搬出集滿灰塵的行李箱，厭煩的感受又湧上心頭，此時，手機傳來簡訊提示聲，我匆匆一瞥，居然是方黎的訊息。

這不是她第一次發簡訊給我，她發給我的第一條簡訊，是在中秋節之後發的，內容寫的是「我是方黎」。

我沒回覆，也沒有在見面時詢問她怎麼得知我的號碼。我不想知道她的答案，她也從來不願意對我說眞話。

如今再次收到她的簡訊，心情妙不可言。

我點進通知，裡頭一個字也沒有。

難道是誤按了？盯著空白的訊息，我猶豫著該不該問她。

基於禮貌，我應該的。

就在我飛快地打好字，正要按下發送鍵，手機又震了一下——有一條新訊息。

「在嗎？」

這問題問得有些奇怪。我在嗎？要在哪裡？

我回覆：「在。」

我把身後雜亂的衣物推到一邊放置，坐到書桌前等著下一條訊息，可是等了好久依然毫無音訊。

於是我又發了一條簡訊，「什麼事？」

焦急難耐地握著手機，方黎突如其來的簡訊猶如撒下的一把糖，惹來了螞蟻爬滿了心頭。這種滋味前所未有，卻一點也不好受。

過了很久，我放棄等待，打算繼續收拾行李，這時，手機終於響起。

「我在你家樓下，有東西要給你，你下來一趟。」

「等我一下。」

幾乎不假思索，我匆匆拿了鑰匙鎖好門，就搭電梯下樓。

晚風很冷，吹得人瑟瑟發抖，這就是我討厭晚上出門的原因。平時沒什麼特別的事，我幾乎不會在晚上出門，但今晚例外。

方黎捧著一本漫畫遞到我手裡，「上次說要送你的漫畫。」

我接了過來，移不開盯著她的目光。

方黎的氣色很好，只是往日眼裡閃耀的光芒不再，彷彿蒙上了一層灰。大風的夜裡，她也沒有穿著厚毛衣，看起來不像是病了。

即使如此，我還是試探性地問：「這幾天沒來學校，生病了嗎？」

她搖頭，「家裡出了點事，需要我回去處理。」

「什麼事？」

「說來話長，你想聽嗎？」她的目光沉靜深邃，我下意識撇開頭。

手指勾了勾漫畫的書角，我漫不經心地道：「隨口問問罷了。」

她笑了笑，似是一點也不介意，「我餓了，請我吃宵夜。」

還是一如往常的命令語句，我不高興地道：「爲什麼我要請妳？」

「我送你漫畫，禮尚往來。」

「我又沒讓妳送。」這跟強買強賣有什麼區別，她這人眞不講理。

「你不想要幹麼還收下？」

我不再與她爭論，反正我永遠說不贏她。我嘆了口氣，「等我上去拿件外套。」

「順道幫我問候你媽媽和悠悠。」

「她們不在，出遊了。」

「哦，早知道我就上去了。」

我疑惑，「她們在妳就不能上來嗎？」

「我上次去你家，你好像不太開心。」

「並沒有。」我摸了摸鼻子解釋，「我不是不開心，只是嚇到了。」

她繼續盯著我，我感到心虛，趕緊轉身上樓，她卻叫住了我。

「聿珩。」

「怎麼？」

「記得帶錢包喔！」

她輕輕一笑，爲這個寒冷的夜，添加了幾分暖意。

晚風輕輕拂過，我緩慢地騎著自行車。

坐在身後的方黎平時特別多話，不知爲何，今晚特別安靜。

來到分岔路口，我停下自行車，愼重地道：「左邊是甜點店，右邊是熱炒店，妳想吃什麼？」

方黎無所謂地說：「你決定就好。」

那就麻煩了……

甜點店營業時間是早上十點到晚上十點，打烊時間也就是距離現在的三十五分鐘後。從這裡過去需耗費十分鐘，到達目的地應該就只剩二十五分鐘。雖然他們假日會延長營業時間，但也因爲是假日，會有更多人排隊，少說也要等個二十分鐘。

如果是去熱炒店，雖然比去甜點店還遠，又得經過一條幾乎沒有路燈的街道，但不會受到時間限制，因爲熱炒店營業至午夜。只是，熱炒店的是露天座位，要是突然下雨，沒有遮蔽處避雨。我沒有仔細留意今天的天氣，因爲我怎麼也不會想到，自己竟會在深夜外出……

所以，該怎麼選？

「怎麼了？難道日程表沒有註記今天該吃什麼宵夜嗎？」

方黎帶著揶揄的口氣，竟不讓我覺得難受，甚至讓我放鬆了緊繃的心情。

「根據日程表，我現在本該收拾行李。」

「那可怎麼辦？我又一次耽誤了你的行程。」

我不說話，方黎輕聲一笑，「爲了補償你，帶你去個好地方。」

海邊附近的燒烤店人不多，我停好自行車，新奇地四處張望。

方黎帶著笑意的口氣，「在想會是驚喜還是驚嚇嗎？」

心中有了答案，可我不願表露。方黎似是並不在乎，她逕自找了個靠海的位置，熟練地點了幾個套餐。

海風迎面而來，夾帶著香氣四溢的燒烤味，我忘卻了「待會會不會下雨」這類繁瑣的問題。

「最後你還是選擇學校的社團旅遊嗎？」方黎咬一口剛送上來的燒烤，滿足得瞇起眼。

「嗯。」我躍躍欲試，香辣爽口的雞翅和冰可樂的組合，簡直是天衣無縫的搭配。

「明天出發？」

「是，妳呢？」

「你猜？」她故作神祕。

我怎麼可能猜透她。沉吟片刻，我才開口：「妳該不會也報名社團旅遊？」

她失聲而笑，「怎麼可能。」

聽她這麼說，我居然感到一絲失落。

現在想想，如果方黎也參與，明天的旅途好像也不會太糟糕。

「具體是去哪裡，我還沒決定，但會到比較安靜的度假村，我想在假期結束前完成我的漫畫。」

我隨口一問：「獨遊？」

她沉默不語。

店內人數漸漸減少，老闆終於有機會坐下休息。他打開收音機，從那台老舊的收音機，傳來了八〇年代的流行曲，在這個寧靜的深夜裡，聽起來特別有韻味。

或許收音機太過老舊，音量漸漸變小，即使老闆把音量轉到最大，還是聽不清楚，就連風聲、浪聲，都勝過這台收音機的音量。

吃完燒烤，我們靠著椅背，面向漆黑的大海吹著海風。隨著時間的流逝，海風逐漸吹疼了我的臉頰，客人一個接著一個離去，我也想回家了。

「很晚了，該走了。」想起家裡還有衣服等著收拾，我就倍感心累。

同樣盯著大海的方黎點了點頭，「是很晚了。我自己回去吧。」

「我送妳吧，剛來時，好像有段路的路燈壞了，黑壓壓的，妳不怕嗎？」

方黎反問：「你不怕？」

我不假思索，「我怕啊！」

方黎沉默地看著我，隨後緩緩揚起嘴角。那抹笑不帶任何的嘲諷、揶揄，是一種我沒見過的溫柔。

我不解道：「怎麼了？」

「你明天不是要早起嗎？現在都快十一點了，送了我再回家，等你收拾好行李，都快凌晨了吧？」

「我明天能在遊覽車上補眠，或在露營地休息，又或許是在大家去森林探險的時候、出海釣魚的時候。總之，明天不怕沒有時間休息，有的就是休息時間。」

「聽起來你的旅途糟透了。」

「二選一，兩者之間無論哪一個，都不會是個好選擇。」

「那如果有第三個選擇呢？」

我突然一陣心慌，什麼意思？哪來第三個選擇？

她正欲開口，這一刻，我似乎能預知她要說的話。腦海裡沒有一如往常地做風險評估，理智彷彿隨著海浪急速消退，我幾乎本能地脫口答應，答應她即將問出口的那句話。

驟然間，那古老聲弱的收音機發出巨響，我和方黎都被這突如其來的音量嚇了一大跳。

老闆趕緊走來把音量轉小，尷尬地對我們笑了笑，「不好意思嚇到你們了，東西舊了就是這樣。」

最後，老闆索性關上收音機，那該死的收音機才住了嘴。

方黎不再說什麼，我腦海裡反覆掙扎著是否應該問出口——妳剛剛要說什麼啊？什麼第三個選擇？把話說清楚啊！

可拖拖拉拉，時機已過，也只能不了了之。

回到家後，我把行李收拾好就倒在床上。入睡前，我下意識瞥了眼手機，手機螢幕亮著，顯示著收到一條簡訊，是方黎。

「你在嗎？」

她又問了這個問題。

「在。」

「我突然想到明天要去哪裡了。」

「這麼突然？」

「對，就是這麼突然。我想去森林小屋。」

「哦。」

「知道爲什麼我選擇去森林小屋嗎？」

「不知道。」

「因爲那裡到處都是樹林……」

訊息的第一行這樣寫。這不是廢話嗎？但我沒想太多，繼續看下去。

「我以前喜歡獨自一個人，但剛才，我有了不一樣的想法。」

「哦。」

因爲實在太累，我回覆得有些敷衍，半瞇著眼，即將進入睡眠的我緩緩鬆開了手。感覺到手機快要從我手心垂落，忽而傳來的震動，使得我下意識握緊手機。

「聿珩。」

勉強睜開眼準備打上「晚安」二字結束這場對話，這時，訊息上的內容如一盆冷水潑在我臉上，我猛然坐起身盯著螢幕上的字——

「你要跟我一起去嗎？」

第五章

十五歲那年，我參加了學校的郊遊。

媽媽因為工作纏身，無法送我到露營地，於是我獨自到火車站，搭乘火車前往目的地。

我背著背包站在路牌前，有三條路可以達到目的地，只有三條，但我怎麼也無法做出決定，無論選擇哪一條路，都讓我有種很不安的感覺。

我沉靜地站著，來來回回地思考、計算、策畫，一直到媽媽打電話來，我的思緒才被喚回。

接起媽媽電話的那刻，我才赫然發現此時已近黃昏，早已經過了露營活動的時間。媽媽到露營地來接我回家，因為找不到我，才會心急如焚地打電話。

她沒有料到我還在火車站，老師也沒料到，同班同學更是沒人料到。「怪胎」這個名稱好像也是在那時傳開，畢竟，哪個正常人會這麼離譜？

三條路就讓我想了足足一個下午，而昨晚方黎的邀約，我幾乎不假思索。

午夜之後的決定，往往出乎預料。

車上的陽光溫暖地照在我身上，可窗外不斷灌入的冷風，卻將我的面部吹得麻木，飄渺又不實的感覺一直縈繞在心口。

參與陳敏主辦的社團旅途，因爲半數以上都是同班同學，所以會遭受的待遇和在班上沒什麼不同，除了被無視，大不了就是被冷嘲熱諷。這些明裡暗裡會遭受的待遇，並未對我造成任何影響與困擾。

可和方黎呢？未知。

陳敏前幾天發來了一則長訊息，提到需要分配工作。我被分配到的工作一大長串：搬行李、搭帳篷、到林中撿樹枝、負責煮飯……大小事行行列列，密密麻麻。雖然不懂她所謂的「分配」，是不是把所有人的工作分配給我一人，確定的是，我免不了勞力活。

可和方黎呢？未知。

陳敏安排的景點都在野外，我既不喜歡爬山，也不喜歡游水，不喜歡探險，也不喜歡釣魚，所以這趟旅程我並未抱持任何期待。我不會參加任何團體活動，團體活動也容不下我，我必定只會待在帳篷看守大家的物品，履行陳敏分配的工作，旅途體驗感爲零，心情愉快指數爲負，辛苦勞力指數滿分。

可和方黎呢？未知。

「這實在太瘋狂了。」

我深吸一口氣，未知的前程忽而煙霧瀰漫。

現在反悔還來得及嗎？我不由自主地看向身邊的人。方黎不知何時拿起三明治，直直盯著我看。

見狀，我故作淡定地問：「幹麼？」

「還沒吃早餐吧？我多帶了，有三明治和飯糰，想吃哪個？」

這個問題剛上公車時她就問過我了吧？我當時怎麼回答？哦，對了，我走神了，陷入小小的自我宇宙裡，一直到現在。

「三明治吧。」我不好意思地把三明治放進背包裡。

方黎的表情看起來有些慶幸，「正好我想吃飯糰呢！」

我忽然有點於心不忍，遲疑幾許，我決定提醒她，「我有時候……應該說大多時候會突然走神，如果妳遇見這種情況，可以直接喚醒我。」

方黎饒富興味，「怎麼喚醒？」

我瞇著眼，「妳想怎麼喚醒？」

「我想怎樣都可以？」

她意味深長地看著我，讓我有種被調戲的錯覺，不過，我對她的玩笑話已經免疫，此刻的表情應該還算平靜。

「通常大家都會在我眼前或是耳邊拍手……」停頓幾許，我補充，「也有幾次是拿課本或木尺敲打我的腦袋，不過如果妳想這麼做——」

「誰會這麼做？」她突然間提高說話的音量，似乎生氣了，眼裡滿是惱怒。

說實話，我沒見過她生氣的模樣。雖然她的氣場強大，但大多數的情況下，她的情緒都很平和，至少對我如此。

我十分錯愕地看著她，不明白她生氣的點。

「我問你話！」

她的口氣和表情依然帶著明顯的怒意，我無措地看著她，「什麼？」

「誰這麼對你了？」

「我不記得了。」

「你不記得了？」她皺了皺眉，似是對我的話深感懷疑。

我點頭如搗蒜，「那都是小學時的事了，怎麼可能到現在還記得？」我要記的東西可多了。

方黎像洩了氣的皮球，氣勢忽然軟了下來。她撇過頭不看我，我有點無所適從，不知道是哪句話惹怒了她。

旅途才剛開啟，我們之間的氣氛就如此僵持，我現在下車還來得及嗎？方黎會讓我下車嗎？

「我不會這麼做。」

她沒頭沒腦地說了一句話，我猝不及防地看向她。

「我不會喚醒你，也不會打擾你。我想事情的時候，也不喜歡被別人打斷。」好一個將心比心，但是我的狀況不太一樣，所以我糾正，「並不一定是在想事情。有時候我會感覺大腦像是忽然和世界失去訊號，一時連接不上。」

「我也經常會這樣。」方黎看向我，此時她眼裡的情緒又變了，不是氣憤，倒是多了一種我看不懂的感情。

她不再生氣，我也不自覺鬆一口氣，「好吧。」

我很容易讓人發怒，這和對方的修養無關，多源自於我古古怪怪的原則。雖然明白本性難移，但心裡還是希望方黎不在其中。

在我小小畫地為牢的圈子裡，她是唯一能夠融入的人。

「所以，我們現在是去哪裡？」

「現在才問會不會太遲了？」

我頭皮發麻，「妳……都已經計畫好了對嗎？」

「沒有耶。」

「妳……妳……」

見我驚慌失措，方黎笑道：「逗你的。」

雖然此刻的我很不想和她說話，但是我太顧慮了，還是憋著一口悶氣問：「所以到底是去哪裡？怎麼去？行程？」

「就去這個城市的小鎮好了。」她攤開一張地圖，指著上頭畫的紅圈。

我立即拿出手機搜索，然而還沒看清楚，方黎又從背包裡拿出筆記本攤開，左右兩頁都寫滿行程，「有兩個規畫，你看哪個比較合適。」

我有些意外，「妳昨天晚上弄的？」

「是啊，爲了你我一整夜都沒睡。」

我不願意把這責任擔到身上，「也是爲了妳自己。」

「我還好，我挺隨性，基本上不會需要行程表。」

我十分驚訝地看著她，她只是笑了笑，「到底選哪個？」

我深吸一口氣，看著密密麻麻的行程，呼吸越來越急促。

「給我一點時間。」

「可以啊，給你三分鐘——」

「三天。」

彼此驚訝地對視，顯然我們都被對方驚人的台詞嚇到。

「三分鐘？三分鐘能讓我考慮什麼？」

方黎雙手抱臂，「我怎麼可能給你三天？我們現在已經在車上了。」

「那很簡單，我們現在就下車，各自回家。等我確定行程後，我們再出發。」

方黎沒有反駁，眼中含笑地看著我。

我伸手正想按下車鈴，她突然開口：「想都別想。」

「可是……」盯著密密麻麻的行程，我又想到一個關鍵問題，「妳連行程都還沒決定，所以連住宿也還沒訂好？」

「嗯。」

她淡然自在的模樣讓我實在震驚。她指了指手錶，「只剩兩分鐘了。」

我頭昏腦脹，乾脆闔上筆記本，「我做不到。」

「既然你做不了決定，那就讓我來吧！」

「讓妳來？」

「沒錯，讓我選，我的選擇永遠是對的。」

我簡直要被氣笑，一手指著她抖了抖，卻說不出話。

「你不相信？」

「妳別太猖狂！」

「那要不，我們打個賭吧？」

我聞言一愣，「打什麼賭？」

「接下來的行程都由我來做決定，要是中途眞的發生任何錯誤的抉擇，那麼就算你贏。」

見我猶豫，她加大籌碼，「錯誤與否，由你判定。」

我瞪大了眼，雙眼發光，她又補充，「但我有一次上訴機會。」

好像挺合理。

似是見我沒有反駁，她逕自說下去：「當你答應囉！」

我還想爭取時間考慮，她卻立即用獎品利誘，「如果你贏了，想要什麼？」

我張了張口，卻啞口無言。想要什麼？這問題是陷阱嗎？

她笑了笑，「這你倒可以慢慢想。」

「什麼都可以？」

她挑了挑眉，我意識到這話聽起來太輕浮，趕緊補充，「我要妳把我從妳的漫畫裡移除。」

她目光暗下，沉靜幾許，最後說了「好」。

「但是我贏了……」她帶著銳利的眼神，「我要你的日程本。」

讓她移除漫畫中關於我的角色還算情有可原，但她要我的日程本幹麼？

「妳是想拿我的日程本做參考嗎？如果是，我可以幫妳——」

「我可以幫妳制定，因爲我的日程不符合妳」，這句充滿誠意的話還沒說完，立即就被方黎的笑聲打斷。

「你在跟我開什麼玩笑？」

「那妳要我的日程本做什麼？」

「你管我。」她抽走我手中的筆記本放進背包，「就這麼說定了。」

我還想反駁，方黎一把越過我按響下車鈴。

下車鈴響起，猶如拉響賭約的開端。

方黎瞥我一眼，眼中滿是勝負欲。

「即使全程任由妳做決定，我依然有詢問的權利，對吧？」

「那當然。」

「很好，那我能知道我們是以什麼交通工具達到妳想要去的森林小屋嗎？」

「我想租一輛車自駕遊。」

我意外地看著她，「自駕？」

方黎得意地道：「我已經考到駕照啦！」

我不甘示弱，「我也是。」

「那很好。我們可以輪流駕駛，我駕早班，你駕晚班。」

突然後悔說出自己考到駕照的事，「我又不知道路線。」

「可以用導航。」

想了想，也沒什麼好反駁的。我嘆了口氣，正要收起手機，剛好注意到陳敏發來的訊息。

昨晚答應方黎後，我立即就發了一條訊息給陳敏，告訴她我有突發狀況，不能參與社團旅行。陳敏應該是現在才看到訊息，她非常乾脆地說「好」。

對於她爽快的答覆，我不覺得意外，她不想讓我參與的態度過於明顯。她大概覺得是那份刁難的工作表讓我知難而退，又多此一舉地解釋人人都有工作表。如今我的缺席，害她必須重新分配工作，所以作為補償，已經上交的費用她不會退回給我。

我也不想再與她爭論，畢竟是我反悔在先，所以她不想退回費用也沒關係。

收好手機，我和方黎攔了輛計程車，前往一家租車公司。

來到租車公司，方黎相中了幾輛滿意又負荷得起價錢的汽車，她轉頭問我的意見。我眉眼一挑，「我還以為全都由妳做主？」

「總得讓你有參與其中的感受，這點小事不妨礙。」

我打起精神，考慮到汽車的實用性、省油、價格、外觀……想著想著，我的思緒又飄向遠方。

接待人員好意提醒，「要是沒有滿意的，我們這裡還有其他的選擇。」

方黎搖頭，「你的提議可能會讓我們必須站在這裡一整天，只爲了讓他做出明智的選擇。」

接待人員聽此一言，原本疲累的神情瞬間轉爲驚恐。

我自然不會理會方黎的調侃，誠心向接待人員詳細詢問更多資訊。愼重地再三思考後，我指了那輛奶黃色的汽車，「那就這輛吧。」

溫暖的黃色在陽光下特別亮眼。

「好的。」接待人員明顯鬆了口氣。

方黎說：「辛苦你了。」

我說：「沒事。」

方黎淡然地道：「我是在和這位接待人員說話。」

接待人員點頭笑了笑，前去辦理手續。

手續完成後，我打開後車廂，放進我們的行李箱。

設好導航，方黎率先駕駛汽車。起初因爲不熟悉車子，她開得有些慢，從繁忙的道路駛向遼闊的公路，方黎逐漸適應，加快速度也相當平穩。

車子沒什麼不妥，只是空調偶爾會發出令人煩躁的聲音，出風忽冷忽熱。

我默不作聲，假裝一切正常，甚至打開收音機，企圖讓收音機的聲音蓋過空調的噪音。

掩耳盜鈴的做法撐不了多久，空調毫無預警地發出一聲巨響，再也沒有運作。

方黎輕描淡寫地看我一眼，「空調壞了。」

我沒回應她。

她把車窗打開，「還記得我說，可以耗一整天在租車公司，只爲了讓你做出最明智的選擇嗎？」

我抵不住悶熱打開車窗，她接著說：「這眞是個明智的選擇。」

我們距離租車公司的路程有一小時之多，回去換車是不可能的事，將就是唯一的選擇。

酷熱的天氣讓汽車猶如保溫箱，連從窗外吹進來的風都帶著一絲熱氣。即便如此，方黎仍沒有半點抱怨，我甚至可以感受到她愉悅的心情。

「妳期待這次的旅途，還是不久前立下的賭約？」

「你猜？」

我怎麼可能會猜透她的心思，不回答她的問題，我轉移話題，「今天會到達目的地嗎？」

「不會。」

「那今晚住哪？」

方黎聳聳肩，「待會吃飯的時候再找。」

我無法適應如此隨心所欲的態度，開始緊張焦慮。

許是察覺到我的變化，方黎放輕語氣安撫，「別擔心，這附近旅館多的是，不會讓你露宿街頭。」

「我不擔心。」

我冷冷地看著她，假如最壞的結果是露宿街頭，只要忍過，我就不必擔憂自己會出現在她創作的漫畫中。

車子的速度忽而慢下，最後緩緩停靠在路旁，心有不好的預感，我開口問：「怎麼了？」

「這裡訊號很差，導航沒有用。不過沒關係，我昨天上網查找路線時有看到，再往前走一點有一家餐廳，可以到那問路。」

看著人煙稀少的環境，我質疑，「前面會有餐廳？」

「如果我沒記錯的話。」

「如果妳記錯了呢？」

「那就不是餐廳。」

「那是什麼？」

「墓地。」

她把車行駛回道路，熱風從車窗外大量灌入，而我的心卻冷了半截。

「不要和我開玩笑。」

「沒事。」她從容不迫地笑了笑。

我難以置信地打開手機，訊號確實非常差，一直無法連線，而手機也在我過度的消耗下快沒電。

漫漫長路的開端就已讓我心慌慌，腦海裡閃過各種可能會發生的災難性事故——迷路、遇人不淑、車子故障……

迷迷糊糊之中，我睡了過去，醒來時，車子停靠在一家餐廳門外。

「看吧！我說過我不會記錯的。」方黎道。

我下了車環顧四周，這裡仍是一片荒野，除了加油站，沒有其他商店，這家餐廳的出現十分可疑！

我又聯想到一些電影情節——荒野的餐廳、堆滿塵埃的廢棄汽車、奇奇怪怪的加工食物……

「碰」的一聲，差點把我嚇得魂飛魄散。我看向聲源處，是另一輛汽車撞倒了垃圾桶。

我緊張萬分地看著倒車的人，那人尷尬地對著我笑了笑便離開了。我保持戒備，想勸說方黎離開，卻發現她早已走進餐廳。

無奈之下，我只能跟著她。

餐廳裡的氣氛不如我所想像的陰沉寧靜，反而十分明亮且幾乎滿座。喧嘩的聲音散去我心中的陰霾，但我依然提高警惕。

方黎接過菜單，很快地點了份招牌套餐，而我捧著菜單依然毫無頭緒。

「選招牌套餐吧，選招牌不會錯的。」

服務生配合地道：「我們的招牌套餐很受歡迎，是每位到訪過的顧客，回訪的必點菜單。」

我點頭，「我再看看。」

「那就先點我的單吧。說不定我的食物送來了，他也還沒想好要吃什麼。」

我繼續翻著菜單，「妳很餓嗎？」

見方黎點點頭，趁著服務生還沒走遠，我叫住了她。

「我選好了，一起點吧。」

方黎有些意外，「這麼快？」

我沒理會她，指著菜單，「我要這個，特色奶油義大利麵。」

「好的，請稍等。」服務生接過菜單，滿臉笑意地離去。

方黎盯著我半晌，「你知道墨菲定律吧？」

「妳又想說什麼？」

「墨菲定律，你越害怕的事情，往往發生的機率越大。」

我瞇著眼看她，她從容不迫地移開視線，然後從背包裡拿出筆記本和地圖。

「所以，妳選定了哪個行程？」

「這麼快知道，就沒有驚喜了。」

「我不需要驚喜。」

「我不需要規畫。」方黎抬頭看了我一眼，「剛在公車上讓你看的那兩個行程，都是我亂寫的。」

我瞪大眼震驚地道：「所以妳昨晚根本沒有為我熬夜排行程！」

她笑道：「原來你在意的是這一點？」

「當然不是。」

「別擔心，絕對讓你有個難忘的旅途。」

我不知道她拿什麼來做保證。

基於這裡的網路很差，她還是無法搜尋查找晚上的住宿，我焦急難耐，卻不願表露出來。

服務生很快便送上食物，方黎點的招牌套餐，從擺盤就讓人垂涎三尺，香味令人食欲大開。

反觀我的餐點相貌平平，難以勾起食欲，不僅賣相不佳，吃下去還伴隨著一股奇怪的調味，搭配著起司，顯得非常不和諧。

爲什麼會選擇這個餐點呢？我想是因爲我沒有足夠的時間考慮，我既不想隨波逐流，亦不想接受方黎的提議，更不想讓站了一整天的疲累服務生等候太久，所以即使明白自己不會喜歡那類食物，還是隨意地點了。

「眞好吃。」方黎的話讓我抬起眼，她果然又是那副「我早就告訴你」的表情和眼神。

我不甘示弱地說：「我的也很好吃。」

「是嗎？讓我嘗一口。」

「不可以。」我把盤子移到一邊。

方黎大方道：「那你要試試我的嗎？」

我賭氣道：「不要。」

「聿珩。」

我不耐地看著她：「又怎麼了？」

「我可以跟你分享。」

她帶著眞摯的神情讓我微微退縮，「不必了。」

不必了，無論是她的示好還是善意，我都無從應付。

獨來獨往的我，已經爲她打破太多先列，方黎對待我異於常人的寬容，或許只是一時興起。說不定在這趟旅途中，她會慢慢意識到自己招惹上多大的麻煩。

當然，這一切還言之過早。

午餐過後我們繼續前行。車子行駛在通往大道的公路上，訊號漸漸恢復，導航也再度連上線，方黎行駛了一小時之後，停在休息站換我駕駛。

我沒什麼駕駛經驗，平時去學校都是騎自行車，所以駕起車來速度緩慢。說起來，方黎駕駛得非常熟練，但她平時都走路去學校，什麼時候開車了？

這問題我沒問出口。我不了解她，甚至對她一無所知。然而，我對她並沒有產生和陌生人之間的疏離感。

這眞是奇怪的事。

暮色將至，我們仍未找到住宿。市區裡的旅館已經爆滿，別無他法，我們決定到較偏僻的地方碰碰運氣。

果然，運氣非常不好，那一帶的旅館也已經滿了。

方黎看了看地圖，發現還有兩家旅館，其中一家遙遠，估計還需三個小時的車程，另一個選擇，則需花費四十五分鐘，不算太遠，但是……是在半山腰。

方黎幾乎沒有猶豫便選擇後者。

我沒提出異議，因爲從地圖上來看，那一帶並沒有想像中可怕。

然而，車子越是向前行駛，我就越不安。這一路上荒煙蔓草，沒有任何往來的車輛，山路又彎又長，道路兩邊盡是大樹。我忐忑道：「妳確定還要往前走嗎？」

「繼續走沒錯，你沒看到有一條路嗎？」

那是一條路嗎？車子駛向一條凹凸不平的石頭路，一路顛簸，我的心也隨之越跳越急促。

終於來到小路的盡頭，一家破舊的旅館出現在我們眼前。

「我寧願在車上度過這一晚，也不要住到那裡。」

這家陰森的旅館，招牌上的霓虹燈微弱地閃爍著，彷彿下一秒就會完全熄滅。

方黎看我一眼，「別傻了。」

「妳都沒看電影嗎？通常來到這種旅館，住進去的遊客有幾個人是可以完好無缺地走出來？」

我控制不住，又開始聯想許多可怕的電影情節——荒野無人的旅館、大雨降臨、電路中斷，黑暗中，一個拿著武器的蒙面人，慢慢順著我住的房間走去……

越是不去想，那些可怕的想法越是迸出，並且深深繞在我腦海裡。

「你想多了，這家旅館在地圖上有地標耶。」

「那又怎樣？」

「別擔心。」

「別擔心？」

「現在也沒別的辦法，總不能下山吧？車子的油量支撐不到下山，要是在山路上拋錨，豈不是更慘？山路不僅四周無人，還比這裡更加黑暗、祕靜……」

「車子沒油了，妳怎麼不早說？」我看著油箱顯示器亮起的紅燈驚訝不已。

「閃紅燈了我才發現。再說，駕車的人是你，理應由你負責看。」

「我又沒長途駕駛的經驗。」

「沒關係，待會進去問問旅館老闆有什麼辦法。」

思前想後，我仍然想堅守在車上，可方黎執意要下車，我總不能讓她獨自一人進去，迫於無奈，我還是順著路牌的指示，把車子行駛到停車場。

這間位於荒野的旅館不大，單層樓但有很多區。停車場在旅館的另外一側，裡面有一些停放的車輛，代表還是有人住宿，這讓我安心不少。

我停好車，把車熄火關上車燈，停車場瞬時陷入一片黑暗。

「妳眞的打算在這裡……」

話還沒說完，我就聽見車門打開的聲音，我也趕緊下車。

從後車廂拿出行李箱，我打開手機的手電筒，藉著微弱的燈光，我們艱難地在凹凸不平的道路上行走，來到旅館的入口。

推開門，裡面的光線雖然比停車場好一些，但依然相當昏暗。

走到櫃檯前，沒有發現接待人員，我轉頭問方黎：「要是這裡也滿人了怎麼辦？」

「這裡怎麼可能會住滿人。」

「也是。」

櫃檯邊擺放著凋謝的玫瑰，桌燈閃了又閃，我隨手按了一下擺放在櫃檯前的鈴。

「叮」的一聲，接待人員冷不防地站起身，我拉著方黎倒退一步。

「您好。」對方的語氣平淡，眼裡無神。

方黎掙脫我走上前，「請問這裡還有房間嗎？」

「請稍等。」他機械式地打開電腦查詢，半晌才說：「有的，請問是一間雙人床的房嗎？」

「當然不是。」我太過著急的語氣，惹得方黎回頭看我。

「兩間房。」

「請稍等。」接待人員再次敲響鍵盤，清脆的聲音在寂靜的夜裡格外響亮。

我看了看四周，這裡的裝飾都非常老舊。牆上貼了深紅色的牆紙，配搭多個綠色畫框。畫框裡，畫像中的女人個個眼神哀怨。

把目光收回，我轉頭盯著方黎的背影。

「兩間房，一間在A區走廊盡頭的最後一間，一間在B區的第四間房。」

我皺著眉，「分開區域？有沒有相鄰的房間。」

他盯著我，「沒有。」

我說：「能不能幫忙查一下？」

「查了。」他動也沒動。即使光線很暗，我依然可以清楚看見他臉上的黑眼圈。

「你連電腦都沒碰，怎麼查？」

他快速打了兩下鍵盤，眼中依然無神，「查了，沒有。」

「你……」

方黎開口：「沒關係，分開就分開吧。對了，請問這附近有加油站嗎？」

「半山腰有一家，從這裡過去只需要十分鐘的路程。」他看了我們一眼，「A區請往右邊走，B區請往左邊走。」

我和方黎拖著行李箱離開大廳。一開門，陣陣冷風撲面而來，我打了一個冷顫，不僅僅是因爲冷，也是因爲旅館走廊四處無人，風聲鶴唳。

A區與B區距離不遠，相隔著一條走廊。

「你要住A區還是B區？」方黎拿著兩串鑰匙在我面前晃了晃。

「妳選吧。」因爲實在太過乏累，我已經不想再做任何的選擇，反正無論我選哪一個，都不會是我的幸運鑰匙。

「就給你B區的吧。」方黎遞過鑰匙，拿著行李箱獨自走向黑暗的房間。

「喂，進門記得馬上反鎖，還有，妳要是害怕……」話到嘴邊，我欲言又止。

「我不怕。」方黎笑道：「如果你怕的話，可以過來找我。」

穿過走廊，我來到B區。配有房間號碼的鑰匙，在門鎖上轉了兩圈才成功開門。房內黑壓壓的，即使我摸索著燈座開了燈，也沒有多明亮。暗黃的燈光一照，我才發現這裡算是簡約的小房間。

安放好行李箱後，我簡單收拾便來到浴室。浴室內的浴缸被一層泛黃覆蓋住，幽紅色的浴簾散發著陣陣霉味，腦中不受控制地聯想起恐怖電影裡的驚悚畫面。

我重返房門再三確認已經反鎖，又回到浴室。

一打開水龍頭發現沒有熱水，仔細一看，控制水溫的地方已經壞了，灑出來的水冷入心扉。

這麼寒冷的夜晚，要洗冷水澡，還是去櫃檯投訴？我該不該去櫃檯說一聲？舉棋不定地走到門邊，幾番思緒鬥爭後，我打開門決定去櫃檯一趟。

一開門，陣陣冷風迎面而來，吹得我瑟瑟發抖。一眼望去，走廊漆黑一片，唯一的一盞燈也被關掉。不知道是不是心理作用，我總感覺暗處裡有東西在移動。

猶豫之際，一陣聲響嚇得我立即把大門關上反鎖。

屏住呼吸，我輕輕拉開窗簾的一角，想透過玻璃窗看是什麼東西發出聲響，但窗外的光線太暗了，什麼也沒看見。

算了，畢竟只是住宿一晚，將就一下吧。我很快就打消到櫃檯投訴的念頭。

硬著頭皮沖了冷水澡，換上睡衣，我疲累不堪地倒在床上。

旅館的隔音很差，幾乎可以聽清隔壁房間的交談聲。其實，這讓我安心不少，起碼可以知道隔壁住著人。

躺在床上，我又開始胡思亂想——通風口傳來的聲音是風聲嗎？會不會有人正隨著通風道慢慢爬過來？那看起來一點都不可靠的門鎖牢固嗎？會不會一踢就輕易被破壞？窗戶邊一直閃過的黑影是樹影嗎……

越想越清醒，睡意全消，我起身打開電視，希望透過電視轉移注意力。

未料電視線路不穩，一直出現雪花畫面。我關上電視，房間倏然陷入一片寂靜，就連隔壁房的聲音也消失了。

寂靜之下，我強迫自己閉上眼睛，情緒漸漸平復。

突然間，一陣突兀的鈴聲響起，我被嚇了一跳，睜眼一看，發現是床邊放置的手機響了。

來電顯示，方黎。

接聽之前，我調整了情緒，讓自己的口氣聽起來很隨意自在，而不是處於驚慌。

「怎麼了？」

「你睡了？」

「還沒。」

「你那看不看得到月亮？」

我起身拉開窗簾望著窗外，雖然些許樹枝遮掩著，但那又大又圓的月亮依舊非常明亮。

「看得到。」

「也是，畢竟我可是把幸運鑰匙留給你了。」

我躺回床上，「怎麼說？」

「我這裡連一點光都沒有，一片漆黑，我什麼都看不見。」

「可我這房的浴室沒有熱水。」

「你眞是的。」方黎輕笑一聲，帶著無可奈何的口氣，「我這間的問題比你大，很多盞燈都打不開，就連床頭燈也有問題，一閃一閃。」

「那妳關燈睡覺好了。」

「我關燈睡不著，一直以來都是開燈睡。」

在這荒野寂靜的地方，要我關燈我也睡不著。我翻過身問：「那怎麼辦？」

方黎沒說話，電話那端一片安靜。

「喂，睡著了？」

還是沒回應。疑惑之時，突然聽見一聲巨響，和剛剛的如出一轍，是從電話那頭傳來的。

聲響打破肅靜的夜，敲響我心中的警報，我倏然坐起身，「方黎？」

「我在……」

耳邊傳來她一貫平淡的語調，我卻絲毫未能放鬆。走到窗邊，我這裡根本看不到她的房間。

「剛是什麼聲音？」

「好像是有人撞倒花盆。」

「是剛才櫃檯的那位嗎？」

「嗯，他帶著另外一位房客走到對面的房間。新房客拿著很大的行李箱，真的很大，而且好像很重。你說，他的行李箱裡裝著什麼？」

我愣了幾秒，「我怎麼知道？」

方黎放低聲量，「會不會是放了……」

我知道她又要胡鬧，快一步制止，「不許胡說八道。」

她笑了一下，「我都還沒說，你怎麼知道我要說什麼？」

我還能不知道她的心思？我斷然地說：「我要睡了，晚安。」

正要掛斷電話，那頭又傳來呼喚。

「記得檢查門是否有鎖好。」她說完便掛斷電話。

不知爲何，接聽方黎的電話後，我的心情比之前更加惶恐不安。若是胡思亂想的那些恐怖畫面，眞的發生在方黎身上該怎麼辦？

猝不及防的恐懼瞬間蔓延全身，我躺在床上翻來覆去始終無法入睡。

窗戶外的月亮不知何時早已被烏雲籠罩。我坐起身，沉靜片刻，跳下床開門走出房間。

那是我第一次無法好好思考，當下做出的決定會帶來什麼樣的後果。

來到方黎的房間，我敲響房門。

她沒有開門，而是打了通電話，「你一定不敢相信，我房門外現在站著一個和你長得很像的人。」

我不禁一笑，「是我。」

電話保持沉默好久，就在我猶豫該不該再次敲門時，門打開了。

方黎依然握著手機看著我，「怎麼了？發生什麼事了？」

她的一句話將我問住。我一時衝動，沒想好藉口便唐突而來。

沉默幾秒，我胡亂編了個理由，「房間隔音很差，總是聽到很多聲音，吵得我睡不著。」

方黎掛斷電話，盯著我。

她那雙能看穿人心思的眼讓我不安，我撇過視線，她該不會認為我別有所圖吧？

僵持幾秒，我微微後退一步，這時方黎開口：「你想要和我換房間？」

我有些懊惱，「不是……」

「沒關係，想換房間也可以。」方黎神情平靜地說。

她每次說「沒關係」時，都是一副從容的神態。我知道她不是在安撫我，而是眞的認爲沒關係。她好像都不會懼怕任何突發狀況，總是能面對所有不順遂的事。

見我久久未語，她若有所思，「難道是想和我一起睡？」

我愣了幾秒，反應過來後有些激動，「當然不是！」

「因爲擔心妳的安危」，這樣的話我實在無法說出口，於是我說了個很有說服力的理由，「我只是害怕一個人待著。」

方黎靠在門邊打量著我，我幾乎招架不住。

「那就進來吧。」她開口。

我顏面無存地走進，她又小聲地道：「放你一個人在那我也不安心。」

我瞬間不高興，「這句話應該由我說才對。」

「可你不像是會說這種話的人。」

她一語擊中，我無從辯駁。

確實，我不懂得表達自己，甚至連關心的話也難以啟齒。不只是對方黎，對待所有的人，我都習慣性地隱藏自己眞實的感受。

我並非沒有喜怒哀樂，只是這些感受藏得很深，能觸及的人少之又少。除去家人，好像就只有方黎。

這意味著她很特別嗎？好像是的。

陳舊的沙發殘留著一股奇怪味道，我躺著翻來覆去，皮質的沙發發出聲響。

方黎貼心地道：「要是沙發不好睡，你可以來床上睡。」

我被這話驚得不敢亂動，「不用了。」

「睡不著就數綿羊。」

「這方法沒效。」

「那就改數別的，數狗、數貓……」

我沒好氣地翻了白眼。方黎笑著說：「還是你想聽床邊故事？」

「妳想讓我做惡夢？」

聽見我的回應，她輕輕地笑了。

床頭燈依然亮著，她的笑容在暖光下溫柔平靜，我被某種不知名的情緒困擾。陌生的感受我未能明瞭，只能靜靜地看著她。

方黎打了個響指，「爲什麼一直看著我？」

我撇開視線狡辯，「我剛閃神了。」

她哼笑一聲，「別想騙我，你剛剛明明是在看我。」

我指著床頭燈轉移話題，「妳不是說燈有問題？」

「剛剛確實有問題，你一來就沒事了。」她把燈開了又關，關了又開。

我翻過身，看著一明一暗的天花板不由笑道：「好了，不然別人以爲妳在發出什麼求救訊號。」

「沒關係，開著吧。」

方黎這才消停，「如果你覺得開燈很刺眼，我可以關了。」

「你想不想知道明天的行程？」

「妳想說嗎？」

「我不是不想說，而是我根本還沒想到。」

我想，她肯定以爲我會激動地坐起身，可是我沒有，我只是看著她問：「妳總是那麼隨性？」

「船到橋頭自然直。」

「好吧。」我嘆口氣閉上眼。

她笑著說：「爲了讓你安心睡著，我可以告訴你一個好消息。明天的旅館已經訂好了。」

「那就好。」

大腦放鬆後，我開始有些睡意，迷迷糊糊之際，突然想到個問題，「爲什麼會邀請我參與這趟旅遊，妳不是喜歡獨自一人？」

床邊那頭安靜不語。就在我以爲不會得到答案時，她開口了：「執念吧……」

我聽不清楚，睜開看著她，「妳說什麼？」

她大概沒想到我會突然睜開眼，那雙凝視著我的眼瞳來不及收回，只能倉惶地撇頭避開。

「因爲你和其他人不一樣。」

我心懸在半空中，「有什麼不一樣？」

「因爲你是我漫畫裡的主角。」

我瞬間明白了，方黎要完成她的創作，而漫畫中有我的角色，所以她才需要和我相處，我想多了。

懸著的心得以放下，但不知爲何又感到一陣失落。

「那你呢？爲什麼會選擇加入這趟旅程？你不是說過，不會改變已經決定的事嗎？」方黎問道。

「我不知道。」

「不知道？果然是很聿珩的回覆方式。」

我無奈地看她一眼。

捫心自問，我還是不知道爲什麼會做出這決定。

奇妙的是，即使知道會落得如此地步，我並未後悔，甚至覺得幸好來了，要不然讓她一個人面對這些太危險了。

「算了，晚安吧。」方黎閉著眼準備結束今天的夜談。然而，我心裡卻冒起另一個疑問。

「關於漫畫裡的角色，那個女孩……」

方黎斷然關上床頭的那盞燈，黑暗瞬間包圍著我，好像是某種警示，讓我不要再追問。

然而話已到了嘴邊，我還是問出口：「那女孩真的會在二十歲時死去？」

方黎沒有回答我，過了好久好久都沒有。

第六章

我艱難地蜷縮在沙發上睡了過去，我做了很多夢，醒來後卻一個都不記得。朦朦朧朧地睜開眼，拿過手機一看，已經快八點了。晃神盯著天花板好一陣子，才想起身在何處。

我坐起身，下意識看向床邊，方黎正一眼不眨地看著我。

一睡醒見到的人是她，這種感覺很微妙，不是尷尬，不是彆扭，就好像……本來就該如此。

方黎沒有開口，只是盯著我看。兩兩相望，過了好久，又好像沒過多久，我們才站起身。

「早安。」

「早。」

「我們幾點出發？」

「半小時後。」

我點了點頭，就轉身回到自己的房間。

關於昨晚未能獲得的答案，我決定不再追問。每個人都有想要隱藏的事情，我做爲她的……同學，好像沒有資格過問。

梳洗後，我收拾好行李，到櫃檯辦理退房。接著，我們先到半山腰的加油站加油，再到附近的餐廳吃早餐。

餐廳內人潮不多，可我們等了好久，仍沒有服務生上前招待。

方黎提議，「待會我開車，你昨晚睡得不好，就在路上睡一下吧。」

「我昨晚睡得挺好。」

「你昨晚說夢話了。」

我忽而有點緊張，「我說什麼了?」

方黎笑而不語。

服務生終於前來爲我們點餐。套餐只有A餐、B餐兩種選擇，方黎點了A餐，我亦如此。

喝了一杯咖啡後，我的思緒不再混沌，我坐直身看著她，「關於昨晚的抉擇，我很不滿意。」

方黎一手托著下巴，「哪裡不滿意?」

「哪裡都不滿意，環境、衛生、安全……基於以上種種，我宣布，這是個錯誤的決定。」

「太快了吧。」方黎端起咖啡喝一口，「才不過第一天，這麼急就想定輸贏。」

「可昨晚——」

「昨晚的事不能全賴在我身上，那是沒有選擇的選擇。」

「妳又在強詞奪理了。」

「當然沒有。」

「明明……」

還沒來得把話說完，服務生便送上帳單，並在我們面前拉響了拉炮。

「恭喜兩位成為我們第五百位顧客，我們將贈予兩位兩張前往『漫悠度假村』四天三夜的住宿券。」

七色彩紙散落在我身上，在短暫的耳鳴後，我盯著那位服務生茫然地問：「妳說什麼？」

方黎拍手拍了拍落在我肩上的彩紙，「她說，我們中獎了，我們是幸運兒。」

「恭喜兩位！」服務生企圖帶動其他顧客拍手歡呼，但眾人的反應都很冷淡，只有櫃檯的服務生賣力鼓掌。

「我知道了，你們合謀起來騙我對吧！」這是我想到最合理的解釋。

服務生表情疑惑地看著我們，她大概沒預料到中獎的我們是這種反應。

「別理他。」方黎對服務生露出親切的微笑，語帶調侃，「他只是不敢相信我們會如此幸運。」

這一切的發生仍讓我難以置信，直到我們走完領獎程序，被迫站在餐廳門口拍張大合照，我才不得不相信。

「這眞的很離譜。」

回到車上，我翻看著獎品劵感到不可思議。方黎奪過獎品劵，「這麼看來，昨晚的選擇也不見得太糟，對吧？」

我賭氣不回答，方黎搜尋獎品劵上的度假村，發現距離這裡並不遠。

「如果不去原本要去的森林小屋，改去漫悠度假村，你能接受嗎？」

我好像不怎麼驚訝，方黎的個性不按牌理出牌，會這麼做一點也不出奇。

我瞥她一眼，「妳在詢問我的意見？」

「雖然一開始就說好全程由我決定，但如果你眞的不想，我不會勉強。」

「隨便吧。」我閉上眼睛。

仔細想想，這也未嘗不是一件好事，畢竟前往獎品劵上指定的度假村，比前往未知的旅途有保障多了。

「閉著眼睛假裝在睡覺的事珩，難道是因爲我突然改變計畫，而感到不開心？」

「沒有，我只是不習慣隨意改變。」

「難道你就沒有因爲突然改變的決定，得到意想不到的驚喜？」

「倒是有那麼一次……」

我憶起那一天，天色昏暗，我踩著自行車闖入那條不曾進入的暗巷。

方黎啟動汽車，「結果如何？」

我睜開眼睛看著她，「我認識了妳。」

她情不自禁笑出聲。

窗外的風在我耳邊呼呼地吹，即使如此，她清脆如銀鈴般的笑聲，仍然直直傳入我耳中，讓人心曠神怡。

汽車一路向北，中途我們隨便找了一家餐廳吃午餐。

趁著時間還早，方黎打電話退掉原本預訂好的住宿。吃完午餐，換我駕駛繼續上路。

到達漫悠度假村時，已經接近黃昏時分。

度假村比我想像的好太多，外圍是一片大草原，往內走就是森林，後頭有一座山，整體的環境讓人感覺非常舒服，雖然遠遠沒有網絡上的照片那樣驚豔，然而少了照片的濾鏡，反倒有反璞歸眞的感受。

度假村內不允許車子進入，於是我們依警衛的指示，把車子開到不遠處的專屬停車場。

才剛停好車，就有人前來把我們的行李提到停放在一邊的接駁車上。他駕駛著接駁車，帶領我們進入度假村。

我們的住所在地理位置較高的地方，接駁車行駛了約十分鐘才抵達。司機協助我們把行李轉交給度假村的管理員後就匆匆離去。

推門而入，一陣清甜的花香撲鼻而來。

「歡迎來到漫悠度假村，請問兩位已經訂好房間了嗎？」接待人員送上茶水親切地問。這待遇與昨日的荒野旅館相比簡直天差地別。

趁著方黎在辦理入住手續，我走到窗邊。此時夕陽西下，身在高處的我，正好可以看見，不遠處的海岸線與夕陽完美地連成一線。

方黎辦完手續，她走到我身邊，手上拿了行程表。

「看，度假村安排了這麼多的行程。」她笑著說。

她的笑容被陽光照亮，不是諷刺的、尖銳的、不以爲然的微笑，而是發自內心的、肆意的、眞誠的微笑。

這一切變得很夢幻，也很不眞實。

「營火晚會、森林探險、爬山、釣魚……聿珩，這些行程是否似曾相識？」

我不解地看著她。

「不是跟陳敏安排的行程一模一樣嗎？」

經她這麼一說，我才想起確實如此。我不禁調侃，「命運啊，被妳嘲笑嫌棄，轉了一圈，還是落到妳身上。」

「命運啊……」她明亮的目光閃過一絲暗愁，我還沒看清她眼中的情緒，她便轉頭看向海岸線，若有所思。

餐廳贈予的獎品券是四天三夜的套房住宿，接待人員介紹了度假村的特色景點後，就帶領我們到專屬的套房，空間不小，有廚房、客廳、陽台和兩間小房間。

我們簡單收拾後，就徒步到餐廳吃晚餐。

餐廳靠近海邊，我們來到露天區，圍欄上設有橙色的燈，光線柔和，海風陣陣，讓人心曠神怡。

室外空間不算大，但因爲客人不多，還算寧靜。

坐在我們隔壁的，是一群和我們年齡相仿的女孩，她們一到座位就開啟了沒完沒了的拍照模式。

看著女孩們拿著手機樂此不疲，我才發現，方黎好像沒有拍照的習慣。一路上，她都沒有拿出手機拍上任何一張照片。

我也沒有拍照的習慣，嚴格來說，是有些抗拒。但現在，此時此刻，若我和方黎合照，那會是怎麼樣的畫面呢？

「一起拍張照片吧，當作紀念」，我竟然有想要說出這種話的衝動。當然，到最後我還是沒這麼做。

晚餐過後，我們來到附近的營火晚會。

那就是個無聊的聚會，一群不認識的人圍繞著火堆談笑、歌舞、互相交流，這種活動我幾乎不曾參加。

熱鬧的舞蹈表演結束後，有人散去，有人留下繼續交流，有人跳舞唱歌帶動著現場氣氛。

剛剛在餐廳遇見的女孩們也出現在此，其中一個長髮飄飄的女孩，她穿著和方黎同款的花紋外套，我不禁多看了幾眼。

如此鮮豔瑰麗的顏色，好像還是素淨清冷的方黎才能完美駕馭。

「看什麼看得那麼入神？」

方黎打斷我的思緒，往我眼神的方向看去，「哦，是個漂亮的女生。你想要認識她嗎？」

「沒有。」我轉而看著燃燒的火焰。

方黎依然看著女孩，「男生果然還是比較喜歡長頭髮的女孩。」

「不是妳想的那樣。」

「不是我想的那樣？那你喜歡女生留長髮還是短髮？」

「這並沒有關聯。」

「所以是更看重對方的性格？」

「嗯……是吧。」

「那你喜歡什麼性格的女孩？」

不知道爲何，她好像對這類問題很感興趣。我搖搖頭，「我沒想過這個問題。」

「我應該知道。」她若有所思，「樂觀、大方、愛笑的女孩。」

我沉思幾許，「可是愛笑的女孩應該會受不了我。」

「那你也應該多笑，你笑起來還是挺帥氣的。」

她眨眨眼對我擺出調戲的表情，我不禁一笑，「這不是笑不笑的問題，沒人能受得了我的性格。」

「不要那麼沮喪。以性格來說，我好像也不招人喜歡。」

我看著她，沉默不語。

她搖了搖頭，「這種時候你就該說些安慰我的話。」

「我覺得妳很好。」

方黎給了個不怎麼真誠的笑容，「謝謝。」

「我是眞的這麼覺得，不是在安慰妳。」

她笑容收斂，認眞地看著我。

或許是火焰距離我們太近，映在她眼裡的灼熱視線讓我招架不住。撇過頭，我帶著不經意的語氣問：「那妳呢？妳喜歡什麼個性的人？」

「我喜歡安靜、善良、眼睛笑起來像彎月的男孩。」

原本以為她不會回答我，沒想到她卻認眞描繪著心中心儀的對象。她神態閃爍欣喜，好像眞的已經有了心上人。

火團越燒越旺，圍聚的人也越來越多。突然間，有一對情侶走向我們，熱情地和我們聊天。

「我們本意是環繞公路之旅，但這裡的環境太美了，所以多停留幾天。」

「對，比起我們之前去的湖畔小屋，這裡的環境更美……」

「哦，你是說在報導後，變得非常難預約的湖畔小屋嗎？」

陌生人的加入開啟了沒完沒了的話題，大家你一言我一語，說的都是旅行中的趣事，只有我和方黎一直保持安靜。

漸漸的，他們形成一個圓圈，我和方黎被排除在外。

與人交流一直以來都是我最大的困擾，我無法像他人那樣侃侃而談，拚命想出任何話題，最終也只是讓氣氛變得越來越尷尬。

但這種情形不會發生在方黎身上，至少現在不會。忘了何時起，和她相處時，所有的不安完全消失。面對她，即便不說話，還是覺得輕鬆自在。

方黎對著火焰發呆，好一陣子都沒說話。

「妳在想什麼？」我舉起手在她眼前晃了晃。

她緩緩地轉過頭，「這裡有點吵，要離開嗎？」

「去哪？」

「哪都好。」她慎重道：「你帶我離開吧。」

遠離人群，我們來到附近的夜市。

夜市攤位不多，較爲冷清，我倒是不介意，我本來就喜歡清冷的氣氛。走著走著，我們來到撈金魚的攤位。中央放置了一個大水槽，小孩們全都湊在一起，嘰嘰喳喳地談論著撈金魚的技巧。

方黎頗有興趣，走上前買了兩枝紙網，她把其中一枝交到我手上。

我們沒有擠向人群，而是走到另外一邊較爲小的水槽，裡頭有許多黑色、紅色的小金魚在游來游去，非常可愛。

我把紙網放入水裡，看著游來游去的金魚舉棋不定，最後，紙網因爲浸泡在水中的時間太長，一撈就破。

方黎坐在木椅上，「你錯過了時機。」

話雖如此，她同樣沒有成功撈出金魚，我說：「妳的時機不對。」

她笑了笑，沒有留戀，起身往前走到下個攤位。

在一個販賣水晶玻璃球的攤位前，方黎停下腳步，拿起某一顆玻璃球擺弄。

老闆似是看見了商機趕緊瘋狂推銷，然而方黎並未多語，笑了笑，輕輕放下，繼續往前走。

「女朋友看起來很喜歡，不買給她嗎？」

老闆叫住正要向前走的我，我沒多做解釋，只是盯著那顆漫天飛雪的玻璃球。

見我一語不發，他趕緊拿出袋子裝起玻璃球，「不貴的，逗逗女朋友開心吧！」

他快速地遞過袋子到我的面前，我下意識接過。

付錢到男人手上的那一刻，我卻猶豫了。這樣冒然送她是否太過唐突？我該用什麼理由送她？她會不會根本不喜歡？

抓著錢的男人面帶微笑，用力地把錢收走，「謝謝光臨，喜歡可以再來看看其他的東西喔！」

「不了，謝謝。」我把那顆玻璃球塞進外套口袋，追上走遠的方黎。

「買了什麼東西嗎？」方黎隨口一問。

我搖了搖頭，現在還不是時候。

逛完夜市，我們來到分岔路口，兩條小路，右邊燈光明亮熱鬧，人群擁擠，左邊燈光較爲昏暗，人煙稀少。

「兩條路都可以回到我們的旅館。」她看著我，表情打趣，彷彿在等我做選擇。

我看了兩邊的路口，腦海準備開始進行各種評估。這時她笑道：「走吧，聿珩。」

回過神，方黎已經走在我的前頭，她走向那條較爲安靜的小路。

「你到底在想什麼？」

「什麼？」

「剛剛讓你做選擇的時候，你到底在想什麼？」

「我只是在想，哪一條路比較靠近罷了。」我低著頭，踢開路中央的小石頭。

走了好遠，我才發現方黎沒有跟上，回過頭，她站在原地看著我。

「怎麼了？」

「你是不是在做任何事情之前都考慮很久？」

「看情況吧。」

「那你做過最久的決定是多久？」

「我沒有計算時間。」

「那你用了多久，才決定參與我的旅行？」

「我說了，我沒計算時間。」總不能告訴她，我幾乎不假思索。

「其實你不說我也知道。」

「妳怎麼知道？」

「笨蛋，只要看你回覆我訊息的時間不就知道了嗎？」

我沒好氣道：「那妳幹麼還問！」

她輕輕一笑，猶如一縷春風，拂動人心。

我們緩慢地向前走，前路越來越窄小，燈光也漸漸微弱，月光照亮小路，風吹動樹葉，一切都很寧靜。

「妳從什麼時候開始畫漫畫？」

「十三、四歲時候吧。那時距離我家最近的一家店就是漫畫店，我每天放學後就會待在那裡，一直到傍晚才回家。」

「那麼沉迷？」

「並不算是，剛開始只是單純不想回家。後來確實也慢慢喜歡上，才開始自學畫畫。」

「爲什麼不想回家？」

「你眞的想知道嗎？」

她提問的語氣充滿謹慎，好像我繼續追問，她會說出什麼驚人的祕密。

我猜不透她是有意誤導，還是並不想說，於是我反問：「妳想說嗎？」

「我的事說來話長……」她沉默半晌，「不過，如果你真的想知道，我會說。」

似乎是個不怎麼愉快的過去。如今氣氛正好、夜色太美，並不符合說這些讓人傷感的話，我轉移話題，「前面就是海邊，過去看看？」

「好吧。」

前往海邊的路上，方黎被一棵掛滿紅繩的許願樹吸引。

「這裡居然有許願樹。」

站在一邊的小男孩見到我們趕緊走來，「買根紅繩來許願吧。」度假村處處是商機。

我並不想許願，但小男孩過於熱情，他眼睛亮錚錚地把兩根紅繩交到我手上，我不忍拒絕，付了錢將紅繩都交給方黎。

方黎拿了一根紅繩，綁好，雙手合十，「希望——」

我打斷她，「欸，願望說出來就不靈了！」

她抿嘴一笑，「謝謝你再次提醒我。」

再次？我在這之前並沒有和她說相同的話吧？

雖然有點疑惑，但是我沒有心思糾正，看著她虔誠許願的模樣，我不自覺心跳加速。

她一回頭，我下意識地錯開她的目光，好像在迴避什麼。但也沒有什麼好迴避的不是嗎？

「你不許願？」

「我不了……」我把另一根紅繩也交給她，「這也給妳許。」

「爲什麼？」

「讓妳許兩個願望。」

「無論讓我許多少次願，我都只有一個願望。」

「好吧。」

我握著紅繩沉思片刻，雖然心裡想要許下「身體健康」的願望，但腦海裡卻一直浮現方黎的名字……

許完願後，我們來到海邊。

方黎從口袋拿出幾顆糖果，分了其中一顆給我。

看著糖果花花綠綠的包裝，我有種久違的感受。迫不及待剝開糖衣放進嘴，那滋味很熟悉，但一時半會想不起在哪裡吃過。

「這糖果的味道讓我想起了……」

她停頓半晌，彷彿又要說出什麼驚世駭俗的話。

是想起那隻成功尋找到出路的黑貓？還是那隻會傳達一切訊息的小鳥？又或是漫畫裡那座神祕、擁有紙月亮的無盡之城？

「讓我想起了我的小時候。」

這回答出乎我預料。

「小時候媽媽經常會買好多好多糖果，我很喜歡吃。但是她並不是每次都會給我吃，所以有機會能吃糖果時，我會吃下很多。吃得太多，就會吃不下晚飯，媽媽常常為此大發脾氣……」

「妳小時候也沒讓妳媽媽少操心吧。」

我好像可以想像她小時候的模樣——大膽、冷靜，擁有超乎同年齡小孩的淡定和沉穩。

方黎並沒有多說什麼，只是輕輕搖了搖頭，「總之，和你這位模範生比起來，肯定差多了。」

「模範生？妳是不是對我有什麼誤解？我不是妳所想像的好孩子，我……我曾做過無法挽回的錯事。」

凝視著漆黑一片的大海，那黑暗的記憶猶如海浪般席捲而來，我閉上眼睛，微微後退。

「你的眼睛像極了你媽媽。」

她空靈的聲音忽而在我耳邊響起，我張開眼，赫然發現她站在我眼前。受到驚嚇的我後退幾步。

「幹麼？」

「羨慕你。」

我沒好氣地說：「羨慕什麼？」

「羨慕你續承了你媽媽的好基因，而我可沒那麼幸運……」

「妳很……不錯……」

不只是很不錯，其實我想說，「妳很漂亮」。

方黎的漂亮並非讓人一眼驚豔，而是有種獨特的氣質。尤其那雙充滿故事的眼眸，讓她的神韻有種仙氣。

可方黎沒心思聽我說話，她順著月亮的方向走。

沙灘上，細白的沙夾在拖鞋裡，她乾脆地脫下鞋走到海邊。我跟隨著她，海浪拍打在我們的腳上，她仰頭任由月光曬在身上。

風好大，方黎忘了把外套帶出門，單薄的長襯衫顯得她格外纖瘦，但這身影可沒有一絲柔弱的氣息，一雙深邃的眼眸，時時刻刻都散發著無比堅定的毅力。

「其實我小時候也是留著長髮。」

她突然開口打斷我的凝視。

「是嗎？」

「媽媽喜歡我長頭髮的模樣，每次午覺後，她都會很細心地幫我把頭髮綁得整整齊齊。有一天，她午休的時間比以往更長了一些，一直到天黑都沒有睡醒，我有點擔心，搖醒了沉睡中的她。從那天起，媽媽再也沒有爲我綁頭髮了。」

「爲什麼？」

「因爲那天夜裡，她來到我的房間，用剪刀一把剪去我的長髮……」

猝不及防的轉折讓我錯愕不已，我帶著小心翼翼的語氣探問：「爲什麼她要這樣做？」

海風吹亂了她的短髮，遮蓋住她部分的面容，即使如此，我還是可以看見她的雙眼，那雙幾乎能讓人心悸的眼睛。

「因爲她這裡……」她指著她的頭腦，「壞掉了。」

風繼續吹，海浪聲也持續著。

「不久的將來，不對……」她伸出手指數著，「準確來說，在第一百零七天後，也就是我二十歲生日那天，我也會變得跟她一樣。」

「爲什麼？」寒冷海風讓我的聲音止不住地顫抖。

「因爲這就是她續承給我的宿命。」

方黎悠閒地吃著旅館提供的自助早餐，甚至還因為拿到了最後一顆水煮蛋而沾沾自喜。

她臉上的笑容太多、太刻意，我一眼就看出，她在偽裝內心裡的恐懼。

似乎是留意到我的過度關注，她難得不自在。在追加了一杯咖啡後，她提醒，「要早一點到集合地點。」

方黎報名參加了森林探險活動，因為必須提早集合，所以昨晚我們一回到房間，她就表示要早睡。

可我怎麼睡得著，她在海邊說的那一番話，讓我徹夜難眠，而當事人卻若無其事，好像已經忘了昨晚說過的那些話。

「你還在發什麼呆？快點吃早餐啦！」

「欸，妳……」

「我不等你了，你待會自己過來集合地。」

方黎不等我把話說完，起身快步離開餐廳，我喚她等一下，她反而走得更快。

我沒心情一人吃早餐，隨便吃幾口便前往集合地。

來到集合地點，導遊發給大家一個小背包，包裡應有盡有——地圖、巧克力棒、礦泉水、指南針、手電筒。

探險路線分爲三條，A路線較爲簡單，大約一個小時就可以完成。B路線爲中等難度，需花費兩小時。至於C路線則最爲複雜，也需花費最多體力和時間，不僅都是難走且彎曲的小路，中途還得爬過兩個小山丘、越過溪河，花費的時間是A路線的兩倍。

導遊特意提醒毫無經驗的我們選擇A路線，若是想要挑戰，選擇B路線也無妨。方黎毫不猶豫地選擇最簡單的A路線。

一起參與的旅客都是專業的探險者，選擇A路線的隊伍不多，只有一對姐妹和我們。她們在一開始就走得很快，不過幾分鐘就不見蹤影。

走進森林，滿滿的芬多精讓我的腦袋清醒不少。而方黎走得很急，一直領先在我的前方。

「爲什麼走那麼快？」

我追著她的背影，她絲毫沒有慢下腳步，「我沒有，是你慢。」

「又不是比賽，也沒有時間限制，走這麼快幹麼？」

「你不要一直說話，注意路線，要是迷路就糟糕了。」

「就只是一條直路，怎麼可能會走錯。」

「前面好像有動物，聿珩，會不會是熊？還是什麼可怕的動物？」

她企圖嚇唬我，我異常冷靜，「導遊說了，這裡不會有具攻擊性的野生動物。」

「蜜蜂算不算有攻擊性？你看，那裡好像有蜂窩。」她隨意指向一顆大樹。

我盯著她的眼睛，她卻避開我的注視，繼續往前走。這一刻我總算明白了，她是在逃避我。

我再次追上前，「關於妳昨晚說的事……」

我想告訴她「要是不願意說，我就不問」，可敏感的她根本不讓我把話說完，又加快腳步。

山路彎曲又潮溼，她走得太快，我有些擔心，「妳走慢點……」

話還沒說完，她腳下一滑，狠狠地摔了一跤。我心頭一跳，快步湊上前，「受傷了嗎？哪裡受傷了？」

方黎用手掌撐起身，倔強地道：「沒事。」

她想站起來卻力不從心，坐直身子嘗試轉動腳踝，「腳……好像扭傷了。」她眉頭緊皺，似乎是感到疼痛。

「嚴不嚴重？痛不痛？」

我關切的態度惹得她輕聲一笑，我不知所措地看著她，無法理解這種時候，她為何還能笑得出來。

「不嚴重，一點點痛。你先把我扶起來。」

「還是不要亂動，不能走就不要勉強。」

環顧四周，我發現不遠處有一間小木屋。我攤開地圖，想要確認小木屋在地圖上的位置，可怎麼找也沒在地圖上找到。

「爲什麼我們的路線裡沒有那間小木屋？」

方黎湊了過來，盯著地圖研究半晌，才指著地圖，「我們現在的位置不在原本的路線內……」她指著地圖的另一邊，「這才是我們現在的位置。」

仔細一看，確實如此。地圖內只有兩個小木屋圖形，一個就在B路線的山坡上，另外一個就是所有路線的反方向。很明顯，我們所在的位置是後者。

「爲什麼會與原本的路線完全相反？難道我們一開始就走錯方向？」

方黎點點頭，「看來是這樣。」

「別擔心。」

嘴上說著安撫的話，心裡早已亂了方寸，安撫人心一向不是我的強項。

腦海裡飛快地想著各種解決方法，這時，方黎低聲開口：「我腳受傷了走不動，這裡又沒人，電話沒有訊號，誰會知道我們在這裡？」

「沒事，別擔心。」我手忙腳亂地背好背包，「我們沿著剛剛來的小路走回去。妳起不來，我背妳好了。」

方黎神情錯愕地看著我，見狀我抗議道：「妳是不是擔心我背不動妳，我沒那麼柔弱。」

「不是，我還能走，你先扶我起來。」

我小心翼翼地扶起她，這是我們第一次肌膚之觸。

她的手很冰冷，讓我下意識地緊握著。然而她卻一動也不動。

我想，或許是我的動作冒犯到她，正準備鬆手，她反而更用力地回握著。

「扶好，可別又讓我摔了。」

被這麼一說，我自然不敢再鬆手。

往返的路線走沒幾步，天空忽而雷電交加，我暗叫不妙，抬頭一看，烏雲密布。

「天氣預報明明顯示晴天，所以我才會選擇森林探險活動。」方黎看向我，「怎麼辦，這一切都那麼糟糕，好像真的做錯選擇了……」

「天有不測風雲。」我居然沒有據理力爭贏得賭局，甚至說著安慰的話。

看她不可置信地打量我，我苦笑道：「妳到底還能不能走？」

「能……」她話音未落，天空飄起絲絲細雨，「是能走，可好像走不了。」

「那怎麼辦？」

「不然先到小木屋避雨吧！那裡是提供給旅客的休息站，有急救箱和食品販賣機，也有電話。」

我疑惑地看著她，「妳怎麼知道？」

「你剛剛都沒專心聽導遊說話嗎？」

「沒有。」我如實回答。

導遊的話我一句也沒有聽進去，因爲我滿腦子想的都是她昨晚說過的話。當然，我只敢腹誹不敢直說，要是現在提起，性子剛烈的方黎若想避開，就算瘸了，還是會想辦法逃跑。

雨勢漸漸轉大，我們沿著彎曲小路艱難地行走到小木屋。

我輕推木門，門沒有上鎖。一開門，屋內擺設盡收眼底。裡頭空間不大，十分乾淨，想必是有人定期打掃。幾張椅子圍繞著一張木桌，桌上有急救箱，旁邊還有一台販賣機。

扶著方黎坐在一旁的椅子上，我打開急救箱，找出透氣膠帶、藥水、消毒水。

我拿著醫藥箱一籌莫展，「妳需要用到什麼？」

方黎毫不在意，「沒關係，應該過一會就會好了。」

我皺著眉，「妳別老是逞強。」

方黎一愣，隨後低下視線，「眞的沒事。去幫我買一瓶水吧。」

我走到販賣機前，發現除了有販賣水，還有幾款餅乾和零食。投入幾個硬幣，我分別買了一瓶礦泉水和一包小熊餅乾。

雷電交加，雨變得更大，這情況也不適合使用電話，我們唯有等雨勢轉小再做打算。

屋外一片白茫茫，大雨幾乎掩蓋整座森林，方黎驚嘆道：「要不是我，這奇景你應該也沒機會見識。」

我側目看向她，她笑著拿起小熊餅乾遞給我，「其實也挺愜意的，對吧？」

「某人又想要強詞奪理？」

「怎麼這樣說呢？剛才我問你的時候，你明明沒有認定這是個錯誤的選擇。現在想要反悔為時已晚。」

我自知說不過她，也沒打算繼續爭論。我好奇地轉移話題，「妳到底為什麼想要我的日程本？」

她笑而不語，我知道她不願回答，轉而問了另個問題：「妳為什麼把我畫進妳的漫畫？」

「礦泉水還是平淡了點，要是有汽水就更好了。」

「方黎。」

「我剛才注意到那櫥櫃好像有桌遊，我去找找看。」

意識到她又要逃避，我嘆了口氣。

「有五子棋、積木、牌卡……」她笑吟吟道：「要不要玩點有趣的？」

「希望妳指的有趣遊戲不是『眞心話大冒險』，這款遊戲並不適合我們。」

「怎麼說？」

「妳說不了眞心話，我做不了大冒險。」

「言之有理。」她沒有反駁，扭頭繼續翻找，不一會兒，她翻出大富翁，「就這個吧？」

她興致勃勃地擺好棋盤，我興致缺缺地坐到她對面。

「我選紅色的棋子，給你拿青色的。」她奪走我手中的紅色棋子，然後把青色棋子交到我手上。

在我迫於無奈的神情下，遊戲開始了。

「兩個六，眞幸運。」

方黎的運氣很好，遊戲才剛開始就完全將我碾壓。我想，就算是玩遊戲，我還是那麼倒楣，老是抽到不好的牌卡。

「又被罰款了。」我嘀咕道：「運氣總是不如妳的好。」

「我們最大的分別不是運氣。好比說，迷路的我們竟還遇到下雨天，你感到倒楣，但我因爲有木屋可避雨而感到慶幸。這就是我們的不同之處。」

她說得確實有道理，我點了點頭，「所以妳是樂觀派？」

「不算是，只是你太悲觀了。」

我點了點頭表示認同。她接著說：「而且你很多負面情緒，負面情緒會影響你的磁場。」

「現在開始玄學了？」

她笑了笑，沒有說話。

我繼續擲骰子，棋子不巧再次面臨牢獄之災，「玩一場毫無勝算的遊戲好無聊。」

看出我的意興闌珊，方黎決定放我一馬，「好吧，那就不玩了。」

不玩遊戲，我們只能看著棋盤發呆，過於沉靜的氣氛彷彿讓時間停滯了。

我深吸一口氣，張開嘴，還沒出聲，方黎就如有感應般先一步開口：「都忘了吧。」

我不明所以地看向她，「什麼？」

「我說，忘了。」她抬起頭，雙眼蒙上一絲陌生的情緒，「忘了我昨晚說過的話吧。」

「爲什麼？」

「因爲我後悔了。你就當作是我在胡言亂語。一直以來，我都是這樣的。」

「可是……妳說過，關於妳的事，我若想聽的話，妳會說的。」

外面的雨還在下，屋內的氣氛緩緩凝結，我不覺得寒冷，但我想起了她那雙冰冷凍人的手。

希望可以讓她更溫暖一些，於是，我的手指悄悄探進，正準備握住她，她突然開口：「你想知道什麼？」

「所有。」我下意識道。

「所有關於妳的一切。」

第七章

那麼……就從流星雨的那一夜說起吧。

女孩出生在偏僻的山區，她母親生下她的那一夜，是個流星之夜。

前往醫院途中，那對夫妻遇見了罕見而美麗的流星。

「流星之夜，那要有多幸運才會遇見。孩子一出生就遇上，注定是個大富大貴的人。」出租車司機笑著對夫妻說。

男人聽了很高興，但是女人聽了卻不那麼認爲，「妳不會的……」

五歲時，女孩的媽媽經常會在她耳邊碎碎念，女孩聽不明白，覺得她說的話總是話中有話。

也是那時，她經常會聽見父母劇烈的爭執聲，只是無論吵得多麼劇烈，第二天兩人都會和好如初，彷彿什麼事也沒發生過。

女孩問過爸爸，他說沒事。女孩也問過媽媽，她說不要擔心。

「不要害怕。」

女人經常安撫女孩，「不要害怕，我會帶妳逃離這裡。」

女孩不明白，爲什麼媽媽要帶她逃離這裡。她很喜歡這裡，喜歡這間大房子，更喜歡其中一間擁有天窗的房間。

她經常搬來一張凳子，白天時，站在凳子上曬曬太陽，夜晚時，站在凳子上數著星星。

她還喜歡房門外爸爸親手爲她繫上的秋千，喜歡從大門一直延伸到木柵欄的石頭路。

石頭路兩側遍地都是黃色小花，就連白色的圍欄都無法隔絕，她爸爸乾脆放任它肆意生長，整個門外形成一片美麗的黃色花海。

女孩央求媽媽繼續留在這裡，但她卻說這裡很不安全，留在這裡會被捉到。

女孩膽怯地問：「會被誰捉到？」

她媽媽又開始說了一堆她聽不懂的話，只有一句她聽得懂——

「媽媽不會讓任何人傷害妳，也不會讓任何人把妳從我身邊帶走。」

女孩點了點頭，雖然她始終不懂。

然而，她還是過著幸福的日子，直到那一年的冬天。

那年冬天異常寒冷。

女孩的爸爸下班回家告訴她，小鎮上舉辦煙火大會，沒見過煙火的女孩苦苦哀求，求爸爸帶她到後山頂觀看煙火。

女人說，山頂很冷的，女孩說，多帶披肩就可以了。

女人說，山頂的路不好走，女孩說，沒關係。

女人又說，山頂很暗的，女孩說，不怕，因爲有爸爸和媽媽在身邊。

最後，女人答應了女孩。

他們帶上手電筒和披肩，手牽手一起往崎嶇的山路走去。無論山路有多難行走，他們誰也沒有怨言。

午夜前，他們終於登上頂端。

那裡特別寒冷，他們瑟瑟發抖，蜷縮在一條長披肩裡。

煙火猝不及防地在空中綻放，那聲音震耳欲聾。

在黑暗中綻放的煙火可美了，女孩從來沒有看到那麼絢麗的天空，紅的、藍的、紫的、青的……她不敢眨眼，深怕錯過任何精采的畫面。

終於，她不再捂住耳朵，完全沉醉在煙火綻放的世界。

一個無意間的回頭，她深深怔住。

她看見原本對她微笑的媽媽變了另一副面孔，曾經慈愛的眼，在此刻目露凶光，在瑰麗的煙火下顯得特別猙獰。

女孩還來不及反應，頭髮就被扯住，出門前媽媽高高興興幫她綁好的辮子，現在正被狠狠拉扯著。

媽媽口中念念有詞，但煙火綻放的聲響太大，女孩什麼都聽不見……

月光下，女孩披著凌亂不堪的頭髮，盯著媽媽絕望哀怨的眼神。她爸爸看到這一幕，憤怒地阻止一切。

而披著他們一家人的披肩，早在一來一往的大動作下，掉落在地。

不斷被踐踏、撕裂的，除了披肩，還有女孩的心。

那天之後，女孩連續好幾天沒再見到媽媽。她爸爸告訴她，媽媽被他帶到一個隱密的房間。

女孩問：「是不是那個可以看見天空的房間？」

她爸爸沒回答她，只交代女孩不要靠近那間房間，也不讓女孩和媽媽說話。

「爲什麼不可以和媽媽說話？」

「媽媽生病了。」

生病了啊。女孩想，一定是那天在山頂吹風著涼。

女孩也曾經受寒一病不起，她學著以前媽媽照顧她的方式，倒了一杯溫水，悄悄來到有天窗的房間。

那間房間被上了好多鎖，有大的、有小的，女孩動了動鎖不知如何是好。

似是聽到門外的動靜，房內的女人激動地撲到門前呼喚：「快！快開門！」

「媽媽，是我。」

「乖，快，快把門鎖都打開，鑰匙都在抽屜裡。」她的聲音一瞬間變得溫和。

女孩照做，放下手中的水杯，把椅子推到櫥櫃邊，站到椅子上打開抽屜，果然看見裡面的一串鑰匙。

拿到手後，她急急忙忙地跳下椅子，一把一把地試，打開一道一道的鎖，剩下最後一道鎖。

正要打開，男人突然在她身後喝斥。

鎖未完全打開，房內的女人迫不及待地拉開門，礙於限制，只開得了一小縫。

這小小的縫隙裡傳出駭人的哀號聲，那聲音如刀般銳利，一聲聲幾乎能刺破人的耳膜。

男人用雙手把女孩的耳朵捂住，卻沒能遮掩她的雙眼。

女孩看見了門縫內的媽媽，曾經溫柔婉約的媽媽，此刻正披頭散髮、瞪著血紅的雙眼，在門縫間轉來轉去。有那麼一刻，女孩甚至認爲裡面的女人不是她的媽媽。

夜晚，女孩做了可怕的惡夢。她夢見自己打開了那道房門，然而房門之後是一片無盡的黑暗，媽媽的聲音從黑暗的盡頭傳來。

她屏住呼吸慢慢靠近，突然間，房門猛然關上。女孩一驚，還沒來得及反應，就被一個冰冷的手拽到在地，拖到深淵……

因爲害怕，女孩一連幾天都沒有靠近那間房間。幾天過去後，她不再惡夢，也慢慢想念起媽媽。

「媽媽是不是好一些了？」女孩問爸爸，他卻神情哀傷地看著她：「不會好了，她再也不會好了。我應該知道的，妳出生的那一天我就該知道，日子不會再好了。」

男人說：「我們明天就要離開這裡。」

「去哪裡？」

「回去爸爸的家鄉，妳還記得嗎？去年我們還在那裡度過了一個美好的春天。」

女孩想起了，那裡有一個大農場。她用力地點點頭。

「我們回到那裡生活好嗎？在那裡重新生活吧。」

「媽媽呢？」

「她現在生病了，病得很嚴重，不能和我們一起。她必須到醫院好好治療。」

「那我以後再也看不到她了嗎？」

「不會的，我們會再見到她。至少不是現在。」

女孩徹夜未眠，雖然爸爸再三警惕她，不可以單獨到媽媽的房間，但她實在太思念媽媽了，於是趁著爸爸睡著後，悄悄來到媽媽的房間，拿了鑰匙開鎖。

深吸一口氣，她輕輕推開門。

房間內一片漆黑，女孩立即想起曾經的惡夢，止步在門口。

「媽媽。」她忐忑地站在門外輕輕呼喚。

「乖……」女人輕柔的聲音在房內響起。聽到熟悉的語氣，女孩鬆了一口氣。

「快進來啊！」媽媽的溫柔召喚，讓女孩沒有絲毫猶豫便走了進去。

窗外的月光灑在女人的身上，她對著女孩露出溫柔的微笑，一把抱起女孩讓她坐在身上。

女孩被媽媽環抱著，感覺溫暖極了，她很久沒有感受到這樣的溫暖了。

「媽媽，爸爸說妳病了，妳好一點了嗎？」

媽媽答非所問，指著天窗，「妳看，今晚的月光很美吧。」

「嗯。」

「但是妳仔細看，這個月亮不是真的，是紙做的。」

「媽媽，爸爸說要帶我離開這裡。」

「我知道。」女人的聲音忽而變得低冷，「他和我說了。妳想要離開媽媽嗎？」

「不要。」女孩大力地抱緊媽媽，幾乎帶著哭腔說：「我不要離開媽媽。」

「別怕，我們不會分開的。妳跟我一起走，我把妳帶得遠遠的。」

見女孩的遲疑眼神，女人放輕語氣哄：「我們一起離開這裡好不好？」

猶如男人剛剛的提議——離開這裡，重新生活。

只是女孩知道自己再也無法兩者皆得。她陷入兩難，選擇媽媽，還是選擇爸爸？見媽媽溫柔地撫摸她的髮絲，女孩沒有猶豫太久，很快牽起媽媽的手。

女人欣慰地笑了。月光下，她眼裡的神采恢復到以往般溫柔。

她們走得很急，女孩甚至沒有來得及與爸爸道別，僅穿著睡衣，便隨媽媽連夜趕到火車站。

坐上火車的那一刻，女孩心中的不安漸漸擴大，「我們要去哪裡？」

「去一個沒有人可以找到我們的地方。」

「爸爸也找不到嗎？」女孩開始想念爸爸了，但是她也沒有後悔選擇和媽媽一起離開。

「是啊。」女人神色冰冷地看著窗外，「絕對不會讓他找到。」

「但是——」女孩還想說什麼卻被打斷。

「不要擔心，我們會好好的。」

女人念出了一個陌生的名字，女孩疑惑地看著她，「妳叫我什麼？」

「記住，那是妳的新名字。」

「不是，那不是我的名字，我的名字是——」

「那是過去妳爸爸爲妳取的名字，既然妳現在選擇了我，就必須跟隨我爲妳取的新名字。」

女孩無所適從，還是點了點頭。

女人緊緊地把女孩抱在懷裡，火車一路顛簸，女孩有些睏了。入睡之前，她看了一眼窗外的天空，月亮被烏雲遮蓋住。

「月亮不見了。」她喃喃自語，感受到媽媽輕輕地撫摸她的頭。

「別擔心，我們會找到真正的月亮。即使是這樣，妳還是……」

火車駛進黑暗的隧道，在這之前，她聽見媽媽說的話。

好像就是那句話，從她五歲開始，媽媽就一直在耳邊碎碎念的話——

「妳不會逃離像我這樣的宿命。」

木屋裡，大雨戛然而止，方黎看著屋外的景色輕聲道：「雨停了。」

見我沒反應，方黎在我眼前打了個響指，「聿珩，雨停了。」

我愣了愣，「停了……」

「還不打電話？」

一言驚醒夢中人，我立即撥打電話求救。導遊很快就來到小木屋，帶領我們走出森林。

探險活動配置的醫護人員檢查了方黎的扭傷，說是傷勢非常輕微，只需要噴上藥物緩解即可。

折騰了大半天，簡單吃過午飯後，就已經接近傍晚時分。

方黎不宜多動，我本想致電讓旅館的接駁車載送，可方黎不願。

「沒什麼，噴藥後好很多了，我還能走，而且旅館也不遠。」

見我擔憂的神情，她又說：「要不，借我你的肩膀。」說完，她一手搭在我的肩膀上。

如此靠近，她的髮絲和氣息隨著風將我纏繞，我從未與別人如此親近，這讓我倉促緊繃。

我站著一動也不動，她在我耳邊嗤笑一聲，「你這樣子好像木頭人。」

木頭人被她伸出的食指點一點額頭，終於緩緩動了。遷就著她的腳步，我走得特別慢，路過小公園時，我提議先停下休息。

「很累嗎？」問出這句話的居然是方黎。似是見我疑惑的表情，她接著道：「你臉都紅了。」

聞言，我無奈地翻了個白眼。

她笑道：「你在害羞什麼？」

「我只是擔心妳走動太多傷勢加重。」

「眞的沒事，不過還是按照你的要求休息一下。」

我們坐到一棵大樹下的木椅。微風吹落飄葉，好幾片落到她的身上，我輕輕掃去她身上的落葉，她轉過頭對我微笑，我莫名感到一陣心酸。

剛在木屋裡說的那些話，我還沒來得及消化。

「是精神分裂。從前是媽媽，不久後就輪到我了。」

方黎像個說故事的人，平靜地告訴我這殘酷的眞相。

這和她創作在漫畫裡的奇幻故事截然不同，我腦海裡不斷回溯她述說事情的每個畫面。

「那之後呢？」

「什麼？」

「剛才在木屋的事，妳沒說完。」

「哦，那些事情啊。相隔得太久了。」

她閉上眼睛似在回憶，可過了好久，她仍一動不動。我輕聲喚：「欸，妳不會是睡著了吧？」

「沒有。」她仍閉著眼，「回憶往事太傷神，不如等我畫成漫畫再送你看吧。」

「全都會畫下來嗎？」

「是啊，以免有一天我全忘了。忘了自己的過去，忘了自己的身分，忘了曾經的名字……」

「那麼……妳曾經在漫畫裡預言的死亡，又代表什麼？」

「失去自我意識、被吞噬毀滅，這和死亡又有什麼分別。」

我有點懂了，所謂的死亡，是精神上的死亡。

「可是，精神疾病並不會百分之百遺傳。」

「我就是有預感。」

我想，這不是預感，而是她媽媽偏激的灌輸。年幼的她因此受到很大的影響，這種影響根深蒂固，使她如今仍深信不疑。

「但是妳……」

雖然還有許多疑問，可她似乎已經疲累至極，那雙眼眸中的光彩早已無影無蹤，我心中一哽，把疑問通通壓進心裡。

「還想問什麼？」

我搖頭，「妳看起來很累了，休息一下吧。」

我正想開口問她要不要回房，她忽而靠在我肩上。

她像羽毛飄落般落在我肩頭，這讓我想起在森林裡背著她的感覺。

她比我想像的還要輕，帶路的導遊說著什麼，我全都沒有聽進去，只聽見貼近我、屬於方黎的心跳聲。

風又吹起了，樹葉徐徐落下，我們誰都沒有要起身離開的意思，即使天色已暗，即使人群離去。

待在度假村的第二天暴雨連連，我們無法參加任何戶外活動，只能安分地在守在房裡。

吃過早餐，方黎坐在客廳開始畫畫。

這幾天來，我第一次看見她打開行李箱，裡面放滿各式各樣的彩繪工具——蠟筆、水彩、畫冊……

「你不必陪我，可以參與一些室內活動。」

「我沒打算陪妳，我只是覺得那些活動不適合我。」

口是心非的我打開電視，遙控器握在手裡，眼神卻不由自主飄向方黎。

客廳滿地皆是她的漫畫分頁，我忍不住走上前一探，一張張色彩斑爛的畫紙，讓我瞬間眼花撩亂。

一張接著一張看，依然毫無頭緒，我指著一張畫著黑色漩渦的分頁，「這是什麼？」

「這是故事中的反派。」

「那這個呢？還有這個呢？」我指著一張張的分頁問。

「你的問題眞多。」她抽走分頁繼續編排。

「我就只問了兩個問題而已。」

方黎飽含深意地看我一眼，「現在開始，我回答你一個問題，你也必須回答我一個問題。」

我放下電視遙控器，「妳有問題想問我？」

「當然有。」

沉思片刻，我接受她的提議，「好吧，妳有什麼問題想問？」

她想了一下，輕輕笑了，「那確實是個好問題。」

我不明所以地看著她，沒多久，我意識到自己中了計。我的第一個問題就是剛剛問的「妳有什麼問題想問」。

「欸，那不算喔！」

「我的答案是……」方黎不理會我，「你平時的興趣是什麼？」

方黎很快地回答，她的答案就是她的問題。

我不爽地道：「這眞是個愚笨的問題。」

「沒比你的問題笨。」

「看漫畫、拼模型。」

方黎像是得到某種情報似地，拿起筆在紙上寫著。見狀，我不悅地道：「妳是在做紀錄嗎？」才把話說完，我馬上就後悔，「等等，那不是一個問題！」

「那算個問題。而我的答案是，是的，我正把這一切記錄下來。」

「妳爲什麼要這樣做？」

看著她狡黠的笑容，我意識到自己又犯傻了。

「因爲我想要刻畫漫畫中的人物。我剛剛一口氣回答你兩個問題，現在輪到你回答我兩個問題。」

「那根本不算！」

「別耍賴。」方黎看著我認眞地道：「至今爲止，你做過最讓你値得慶幸的決定是什麼？」

我仔細回想，「一般來說，我很少有慶幸的決定。如果沒有發生什麼不幸的事情，那麼對我來說就是幸運的。」

「那你做過最後悔的決定是什麼？」

這問題讓我陷入沉思，猶豫幾許，我才開口：「很多……」

「肯定有一個是讓你覺得最後悔，也最希望時間可以倒退，讓你重新做選擇。」

刺骨的寒冷瞬間將我圍繞，喉嚨像被什麼掐住，說不出話。

劇烈的撞擊、刺耳的聲響、滿地玻璃碎片，畫面一一從我腦海閃過，我不敢深入回想，那怕只有一秒，我都無法承受。

「冷靜點，你不想說也沒關係。」似是注意到我的情緒波動，方黎不再追究。

平復心情後，我清了清喉嚨，繼續向她發問：「爲什麼妳要把我畫在妳的漫畫裡？」

「不好意思，遊戲已經結束了。」

「結束？我一個問題都還沒問到！」

「你失憶了？剛剛不是問了我三個問題？」

「那根本不是我要問的問題！」

「誰叫你不問你要問的問題。」

心有不甘地看著她，卻也無從反駁。

外頭的雨已經停了，驟雨後的天空瞬間放晴。

我再次拿起遙控器隨意轉台，轉著看著，我睡了過去。

睡夢中，我回到小時候——

身處在最常去的雜貨店內，我看著滿是紅紅綠綠的糖果罐滿心歡喜，一下就買了好多。

走出店面時，我發現一輛停在不遠處的紅色汽車，我不以爲意，繼續騎著自行車返家。

一回到家，就注意到這輛汽車停在公寓樓下。隨後，無論是我走在街道上，還是去公園附近，我都會看見這輛紅色汽車。它彷彿在跟著我。

汽車一直處於熄火的狀態，但我耳邊總是響起刺耳無比的煞車聲，還聞到輪胎磨損的燒焦氣味。

我很快從夢中驚醒。

睜開眼睛，電視上正在播放汽車廣告，我猛然把電視關了。

方黎關切地看著我，「你做惡夢了嗎？」

我似乎有回答她，又似乎沒有，心神無法凝聚，思緒飄向遠方。

回過神時，方黎已收拾好畫頁，靜靜看著我。我知道，我的老毛病又發作了。

「妳剛才……」話還沒說出口，喉嚨就異常乾癢，我扭頭劇烈地咳了幾聲。

她倒了一杯水給我，我接過後避開她的視線。

「妳剛才跟我說了什麼？」喝了一口水緩和後，聲音還是略帶沙啞。

「我問你想不想去吃午餐。」

「妳問了我很久嗎？」

方黎搖頭，「沒多久。」

窗外灑入的陽光已經傾斜偏移，我被善意的謊言包圍，溫暖之餘心慌意亂。

雖然方黎無比包容，但再過不久，她可能還是會和其他人一樣覺得厭煩。

想到會發生這種情況，心臟恍如被利器刺痛。與其這樣，倒不如一開始就不要那麼溫柔。

於是，我說：「妳應該喚醒我。」

「沒關係。」她的眼神柔和而明亮，或許還參雜著某種情愫。

我忍不住撇過頭，「請不要用這種看小貓小狗的眼神看著我。」

她嘴角輕揚，「你這形容還挺有趣。」

我盯著她受傷的腳說：「午餐叫外送好了。」

「不要。」

「可是……」

「早就沒事了。」她說完站起身，抬起受傷的腳晃了晃，「看見沒？」

我擺擺手讓她消停，「那就到附近的餐廳好了。」

「我不同意，我想去這家特色餐廳。」她翻開度假村的宣傳小冊指了指，「就在這裡。」

特色餐廳的位置較偏遠，我不太願意。

看見我緊鎖的眉頭，她提醒道：「別忘了，今天也是我做決定的一天。」

「好吧。」我有些興致缺缺地說。

她收起宣傳小冊，「爲什麼無精打采？據我所知，至今爲止我的每個決定，並沒有出現任何不妥當。」

我意味深長地看著大言不慚的人，她卻一臉不在意，「日程本你有帶來對吧？旅行結束時不許耍賴。」

我確實有帶日程本，可這與我形影不離的本子，已經被我擱置好一陣子了。其中，這幾天的行程更是呈現大量空白，不是我不想寫，而是我根本不知道怎麼寫。方黎向來隨心所欲又不按牌理出牌，我無法準確地規畫。

見我遲遲不回應，她勝券在握地看著我，「當然現在說輸贏還言之過早。」

因爲方黎執意要到那家特色餐廳，所以我到附近租借了一輛自行車。

「感覺好像在約會。」

因爲她的那句話，自行車一度偏離軌道。我差點把車拐進池塘邊，坐在後座的方黎才停止胡言亂語。

她不亂說話，我自然能順暢行駛，不久便抵達餐廳。

正值午餐時間，現場非常多人，我們等了快二十分鐘才入座。

我以爲特色餐廳的「特色」在於裝修，因爲手冊上是以昆蟲的外型作爲餐廳的標註。直到翻開菜單，我才驚覺所謂的特色是食物，而食物的特色居然就是昆蟲。

我錯愕地看著方黎，她連頭也不抬地說：「要是不想嘗試特色菜單，也有普通菜單。」

我對這些特色料理實在不敢恭維，點餐時出乎意料得快，點了菜單裡唯一正常的蛋炒飯。

舉棋不定的人反倒成了方黎，我抓著得來不易的機會反擊，「原來灑脫自在的妳，也會有猶豫不決的時候？」

方黎仍全神貫注地盯著菜單，嘴角緩緩揚起，「每一樣看起來都好想嘗試，可是你又不配合。」

「妳怎麼會想要嘗試這些特色料理？」

「就是覺得很特別，想嘗嘗。」

我皺了皺眉，感到匪夷所思。

苦思幾許，她終於點了餐。半晌，服務生先是送上我那平凡的蛋炒飯，還未開動，一盤盤特色菜餚也上桌了。

這些特色餐點的分量不多，但種類豐富。

「我點了套餐喔！」她興致勃勃地拿起筷子夾起，「要不要嘗嘗？」

我不可置信地一直盯著她，這時，她善意地遞給我一雙筷子，我揮揮手謝絕她的好意。

「酥酥脆脆的，還蠻好吃！」

「請不要形容口感。」

我自然不敢多看那些盤中餐，剛剛無意一瞥已讓我大汗淋漓，要是再聽她評價，我恐怕無法順利解決我的午餐。

用餐完畢，方黎的心情肉眼可見的愉快，說要到附近逛逛。

我下意識盯著她受傷的腳，她跟著我的眼神看去，「根本就沒事。不過你這樣關心我，感覺眞好。」

我像偷東西的賊被當場捉拿般心虛又不安，正要開口否認，她又道：「好久都沒有感受到被關懷的感覺。」

方黎抬眼對著我一笑，我莫名感到心酸。

她朝著宣傳小冊一指，「就到這座公園好了，手冊上那個心形的湖。」

我騎著自行車，前往心形湖畔。

豔陽高照，我踩著自行車踏板，穿過人群，來到無人的寧靜小路。

小路一直延伸，從平地到山上，兩邊都是開滿黃色小花的大樹。方黎坐在我身後，一路上都沒說話，但我可以感受到，她的心情不錯。

心形湖畔是個騙局，從我的角度看去並不覺得形狀是心形。方黎用手指在我眼前描繪，「看見沒，這不就成了心形。」

我知道她在胡鬧，還是不自覺地笑了。我不知道爲什麼笑，但嘴角壓不下來，也壓不住心跳的速度。

她安靜地看著我，眼裡又流露出我不明瞭的情緒。

以前的她這樣看我時，我總擔心她又要說些驚世駭俗的故事來嚇我。然而，現在的我不再害怕那些故事，仍會對她說出來的話感到心悸。

「聿珩，你笑起來的時候眼睛彎彎的，像彎月。」

我頓時愣住，回過神想要追隨她的目光，她早已撇開視線。

在湖邊待了快半小時，正準備要離開，方黎突然拿出手機，「要不要一起拍一張照，當作紀念。」

這話居然被方黎搶先開口說了，我略微一怔，點了點頭。

方黎請路過的一位遊客幫我們合照，對方是個目測五十多歲的阿姨，她拿著手機不斷地說著「靠近點、再靠近一點」。

拍好之後，方黎拿回手機謝過對方。

打開手機相簿，發現阿姨無意中按到了錄影模式，原本的一張照片變成了幾秒鐘的影片。

在這幾秒鐘裡，我看見自己如何一步步按照指示靠近身邊的人。

風在動，花在晃，她眼裡的笑意讓一切變得眞實而唯美。

「怎麼變成了錄影？」

見她手指一動，我趕緊道：「別刪除！」

方黎慢悠悠地看我一眼，「爲什麼？」

「就……當作紀念吧。」我拿出手機，「傳給我。」

「你也想當作紀念？」

「嗯。」

「可是這個紀念是屬於我的。」方黎把手機收好。

我不滿地道：「但我也有在裡面。」

「要是眞的想要拿什麼當作紀念，你應該自己爭取。」

盯著她走遠的背影，我默默地收起手機。

回旅館的路上，我又遇見了那個販賣玻璃球的老闆。他熱情地和我打招呼，貌似還記得我這個顧客，我回以禮貌的微笑。

「還要再買一顆嗎？」

他拿著玻璃球在我眼前晃了晃，我下意識轉頭看著方黎，她恰好看向另一邊。我慶幸地鬆口氣，對著老闆搖了搖手。

「怎麼了？」方黎轉過頭，看著我揮動的手疑惑道。

「沒事。」

方黎抬頭望著一片橘紅的天空，感慨地說：「明天回到家，應該也接近黃昏。」

「嗯。」我淡淡地說。

明日的此時，我們應該都已經回到各自的家了吧。回去之後，我們還會像現在這樣無時無刻都在一起嗎？

「欸，妳什麼時候要把剩餘的漫畫畫好？」

「等不及了嗎？」

「才不是！」

「那就再等等吧。」

「到底是什麼時候？」根本按捺不住，卻還是假裝一副無所謂的樣子，方黎勢必已識破我的偽裝。

她笑了笑，隨後神情又變得沉重，「不會很久。」她說：「很快就好。」

察覺到她情緒低落，我本不打算再追問，可忽而想起一個關鍵問題。

「漫畫裡還有我的存在？」

她一口斷定，「那當然。」

「欸，我們的賭約都還沒結束，要是我贏了呢？妳不是還得修改妳的漫畫，把我移除？」

「所以拜托別讓我輸了賭局。」

「妳眞的很無賴！」

好像已經習慣了方黎的耍賴，也沒覺得多生氣。

不過話說回來，方黎的漫畫撇除奇幻元素，其餘的故事都屬於眞實事件，那麼我出現的用意何在？

「聿珩，眞的不能沒有你……」

自行車發出刺耳的踩煞聲，方黎在我身後笑著說：「我是說在漫畫裡啦！」

她的口氣充滿笑意，「你再提出別的要求好了。」

「太過分了，不能老是這樣出爾反爾。」

「不要生氣，請你吃晚餐。」

「眞的嗎？事先聲明，我可不要什麼特色晚餐！」

「好的，請你吃正常的晚餐，再請你吃草莓聖代？」

「這裡有草莓聖代？我怎麼沒發現？」

「有啊，就在特色餐廳隔壁。」

「在昆蟲餐廳隔壁啊？」

「怎麼?你該不會擔心，草莓聖代裡有『特色食物』吧?」

「本來沒擔心，現在妳提起了……」

充滿愉快的對話讓我心情很好。恍然間，我瞥到了停在不遠處的紅色汽車，心中猛然一顫。

可是，我再次回頭確認時，幻影早已消失。

第八章

夜裡我又做了幾個夢。

我騎著自行車前往一條彎曲狹窄的小巷，突然間，場景轉換，我穿著黃色羽絨衣，背著書包前往學校，場景再轉換，我來到遊樂園的門口。

七歲的我，牽著一個比我高好多的少年，他背對著我，我看不清他的容貌。

少年領著我到遊樂場贏走好多獎品，其中一個獎品是個幾乎和我一樣高的玩偶。

散場時，遊樂園舉行了煙火秀，我欣喜萬分，纏著少年要他帶我去看。

絢麗的火花在空中燃炸，徐徐落下的卻是一滴滴雨水。

我伸手觸碰著落在臉上的水滴，一抬手才發現染上了紅。

下雨了，天空下起紅雨，我陷入恐慌。回頭再看一眼身邊的少年，他身上也染滿了紅。

他一動不動，用那雙飽含不捨的目光看向我，我頓時痛徹心扉。

紅雨模糊了他的臉，他輕輕閉眼之際，我倏然驚醒。

「昨晚睡得還好嗎？」

方黎拉開窗簾，強烈的陽光刺痛我的雙眼。

「還好。」即使頭痛欲裂，但我還是逞強地笑了笑，「現在幾點了？」

「八點鐘。」

「還很早。」

「不早了，吃完早餐，我想到附近的早市。你不要再睡了，再過不久就要退房了。」

我仍躺在床上，頭腦一片混亂，殘留的惡夢正一點點地侵蝕我。

方黎走到床邊俯視我，「你臉色很差，是生病了嗎？」

「沒事。」我喃喃自語。

站起身走向廁所，匆匆忙忙地梳洗後，我拿了外套就要關上房門，注意到方黎帶著驚訝的表情看著我。

「怎麼了？」我邊走邊穿外套。

「還睡不醒嗎？」

「嗯？」我心不在焉地看了她一眼。

她笑著指著我，「你穿了我的外套啊！」

我低頭一看，才發現我身上的外套不是我的，趕緊手忙腳亂地脫下還給方黎。

「你是不是捨不得離開這裡？還是你捨不得……」

「沒有，不是的！」我慌張地回。

整個早上，我心神不寧，也不知道在慌什麼。

吃完早餐，我們到附近的商店購買紀念品，方黎買了一個精緻的鑰匙圈要送給她妹妹。

「因爲沒有其他的朋友可以送，能省下不少錢喔！」方黎語氣輕快地說。

我亦如此，除了買個可愛的玩偶送給悠悠，不需要再買其他紀念品。

回到房內收拾行李，時間差不多了，我們到櫃檯辦理退房手續。

「歡迎你們下次再度光臨！」接待人員送了我們一對鑰匙圈作爲紀念。

來到停車場找到停放的汽車，方黎逕自走到駕駛座，「你昨晚睡不好，休息一下，我來開車。」

「可是妳的腳……」

「眞的沒事！要我在這跳繩證明給你看嗎？」

「那倒不用。」

我精神確實不好，很不適合開車，於是順從她。

方黎打開車門，對著我問：「對了，你趕著回家嗎？」

「怎麼了？」

「如果不趕時間，我想帶你去個地方，離這裡不遠處有座小鎮，那裡是我創作漫畫的取景地之一……」

正開口要答應，我再次瞥見了那輛停在不遠處的紅色汽車。我驚慌地想要看清，它卻如幻影般消失，可怕的焦味不知何時瀰漫在空氣中，我幾乎要窒息。

「不行，我想要回家了。」

我被一種莫名的恐懼占領心思，用力地閉上眼睛，希望這一切終止於此。

方黎啟動汽車前進，她好像還在說話，可我已經完全聽不進去，只想睡一覺。

「再睡睡就好。」我告訴我自己：「睡一覺就會好……」

閉上眼睛，我企圖將呼之欲出的回憶拋之腦後。

一路顛簸，我迷迷糊糊入睡，卻一直被惡夢追趕。即使明白身在夢中，拚命想醒過來還是無法如願。

幾番掙扎，我才得以張開眼睛。喘著氣定下神，汽車已停在一間餐廳的門外。

「這家餐廳的環境還不錯，不過今天好像人手不足，剛剛服務生給了菜單就跑回廚房了。其實原本沒打算來這，可是路過的好幾家餐廳，環境都不太衛生，就繞來這裡了。雖然食物的價格比較高，但看起來都很好吃，還有甜點。飯後甜點吃香草果凍好不好？」

方黎拿著菜單碎碎念，我聽見了卻沒有想要回答的意思，不是不想搭理她，而是感官不知為何變得呆滯。

恍恍惚惚，心裡埋著顆未引爆的炸彈，現下隱約響起了倒數計時聲……

一道巨聲響起，我如觸電般渾身一震，手上原本握著的水杯，也因為晃動而灑出水。我緊張兮兮地回頭看向聲音來源，原來只是服務生不小心弄掉盤子。

如此的大動作本以為會惹來方黎的調侃，沒想到她卻神情凝重地看著我。

我知道自己又錯過了什麼，我強裝鎮定地拿起紙巾擦拭水跡，「怎麼了？」

「應該是我問你才對吧？你是不是生病了？臉色好差。」

「沒有，我只是覺得不太舒服。」

「真的生病了？」

「不是生病……」

倒數計時聲響得更大聲，我隨意地點了套餐。

方黎安撫地說：「好吧，吃了午餐就回去……靠近……原本還想……帶你去……以前……」

傳入耳的聲音斷斷續續，當我抬起頭時，方黎已經不在座位上了。

我倏然站起身，注意到她的背包還在，我想，她應該是去廁所了吧？

坐下後，我又喝了一口水，極力壓制內心的奇怪情緒。這時，警報聲驟然響起，不是我腦海裡的聲音，而是真正的警報聲！

「廚房失火了！」

服務生從廚房跌跌撞撞地跑了出來，人群一瞬間被突如其來的警報嚇得驚慌失措，倉皇地跑到餐廳外。

而我呢？

此刻的大腦不再遲鈍混沌，反而清晰無比。站起身後，我沒有按照指示疏散到室外，而是前往失火地點。

廁所的位置就在廚房後方，方黎還在裡面。

服務生衝上前拉著我往外走，我甩開他往裡面走。濃煙滾滾從廚房冒出，熾熱的烈焰四處亂竄。

我並沒有失去理智，只是一心想著那身披花衣的少女。

火勢不大，可瀰漫的濃煙讓我寸步難行，我一度失去方向。

被濃煙嗆得呼吸困難，此刻，手上傳來一道力，有人拉著我往外跑。正想著掙扎，赫然發現那人就是方黎。

「這裡，往這裡走。」

很快地，我們逃離火場，消防車也抵達了。火勢不大，一下就撲滅了，但現場仍舊處於一片混亂。

我渾身都散發著難以忍受的煙味，方黎擔憂地看著我，「你還好嗎？」

我搖搖頭，「沒事。」

「剛剛太驚險了。你是迷路了嗎？那裡並不是出口。」

「妳在裡面。」

她神情一滯，張開嘴，好半會才說出話：「所以……是因為我嗎？」

我沒回答，她似乎爲此而生氣，「你太衝動了！」

衝動，從未有人用如此強烈的情緒斥責我的舉動，「我哪有衝動？」

「你應該跑出去！你知不知道剛剛的情況多危險？」

「可是，妳在裡面。」

她不再說話，我也不再說話。

明明她已經帶我逃出生天，我卻沒有劫後餘生的感覺。

人群開始消散，方黎沉靜了好一陣子才道：「好吧，我承認，這眞的是個錯誤的抉擇。」

「與妳無關，我們本來就該往這條路走——」

「不是。」她說：「這不是我們回家的必經之路，我們原本不會來這裡，之所以會來這裡也並非爲了午餐。其實這是前往隔壁小鎮的路，在你睡著時，我突然改變主意，想著時間還早便私自改變計畫……」

緊繃的理智線忽然斷了，倒數計時的炸彈終於引爆。

耳鳴一般，我不可置信地看著她，「爲什麼改變道路？」

「因爲這裡……」

「因爲妳隨心所欲、瀟灑自在嗎？旅途已經結束了，接下來的每個改變，妳都應該和我商量，而不是擅自決定！」

方黎看著我，表情意外，「你……生氣了嗎？」

「我會……我會後悔的……」

口氣像是隱忍很久後的爆發，其實不是，我並非覺得憤怒，而是被恐慌至極的情緒牽制。

濃烈的情緒讓我無法保持理智，很擔心、很害怕的事情，差一點又要重蹈覆轍，所以一時控制不住情感。

耳朵被過去的陰影蒙住，我聽不見她在緘默中的悲鳴。

「後悔……」她喃喃自語，不斷重述。

是，後悔，我會後悔讓妳受到傷害，我會後悔沒有好好保護妳，我會後悔之前的每一個選擇，因爲正是那些選擇讓我走向妳，也正是如此妳才會在這裡，妳才會受傷害。

想要說的話很多很多，可一個字都說不出口。鮮明的恐懼反覆襲來，差一點又要掉入的死亡陷阱，讓我不寒而慄。

「不要再等了！我們馬上回去吧！」

她呆滯片刻忽而輕聲一笑，「好吧，回去吧！」

一路上我們都沒有再交談，經過時間的推移，我漸漸冷靜下來。然而，只要靜下來，我就會回憶起剛剛的糟糕場景。

沉默肅靜的氛圍和旅程開啟時的吵吵鬧鬧天差地別，我很懊惱把這一切變得那麼糟糕。

回到租車場辦理好退車手續，正想著該怎麼緩和氣氛，只見方黎提著她的行李箱，往我的反方向走去。

我猶豫再三，忍不住開口叫喚她：「妳要去哪？公車站在這。」

我好聲好氣地求和，正想為剛才的情感爆發慎重道歉，她卻先一步開口：「我有地方要去。」

「妳要去哪？」

「你不要問了，回家吧。」

「可是……」

「聿珩。」

她喚我的名字，慎重而虔誠。幾乎每一次，她與我見面的開場白，都是由我的名字開始。

「願你一切安好。」

她再也沒有停下腳步，一直往前走。

風好大，她鮮豔瑰麗的外套，在刺眼的夕陽下漸漸消失。

聽起來極具道別意味的話，讓我難以承受。我們以後還是會在學校見面吧？即使不願與我來往，也不該營造如此濃厚的離別氣氛啊……

獨自來到公車站，我失去思考能力，失魂落魄地看著公車一輛輛停下又駛離。

我一直在等，等著回心轉意的人，盼著她的身影會出現在眼前，但這一切都沒有發生。

久未出現的小人又開始了小劇場，他們針對「該不該追上方黎」產生意見分歧，劇烈拉扯。

握著手機，我最終還是敲下了幾個字發送訊息，等著她的回覆。

過了一會沒有。

過了好久也沒有。

過了好久好久，也沒有……

以前覺得煎熬的是每天早上睜開眼的那一刻，而如今，最煎熬的卻是每晚閉上眼的那一刻。

我連續三天失眠，即使勉強入睡，還是會毫無預警地在凌晨時分醒來，再也無法入睡。無論多麼疲累，也會翻來覆去直到天明。

「如果睡不著，就數綿羊吧！數累了，自然就會睡了……」

方黎教的方法，我試了好多次依然沒有成功，意識反而越來越清醒。

每當想到她，心中就會產生複雜的情緒，說不清楚是好還是壞，只感覺心口沉甸甸的。

「什麼時候把日程本拱手奉送給妳？」

手機上的訊息仍然沒有收到回覆，她彷彿看不見。也是，她已經不想要了。

撇除方黎，另一件讓我徹夜未眠的事，是我和媽媽變得緊張的關係。

結束旅遊回到家，媽媽早已回到家，她本應再晚兩天才會回來。

一進屋，氣氛就很不對勁，平時愛吵吵鬧鬧的悠悠不知所蹤，只有媽媽獨自坐在客廳，氣壓非常低。

「不是兩天後才回來嗎？」

「悠悠感冒了，所以提前回來。」

「那她現在好點了嗎？」

「你的語氣聽起來像在慰問陌生人。」

聽到這番話，打算走進房間的我頓時停下腳步。

她又問：「你知道我在回程路上的休息站遇到了誰嗎？」

我搖了搖頭，也懶得去猜，此刻的心情糟糕到極點，只想盡快結束這一天，盼著明天睡醒後又是新的一天。或許明天，我會去一趟漫畫店，會路過那條小徑，停在方黎住的公寓樓下……

「我遇到了你的同學。」

「誰？」

「陳敏，你的同班同學，那位你說要參與的社團旅遊負責人。」

我恍然想起，我並沒有把和方黎一起出遊的事告訴她。

「我臨時改變主意，沒有參與他們的社團旅遊，而是參與了方黎的旅遊……」

「臨時改變主意？」她哼笑了聲，宛若聽見不可思議的事情，「以我對你的了解，這些事情的發生符合邏輯嗎？」

不符合，嚴謹計畫的滬聿珩不會隨便，也不可能改變原本的計畫。這事情的走向全都亂了套，卻也似乎合情合理。

「因為方黎……」

「誰？」

「中秋節來的那個女孩。」

那個觸及我隱密路線的女孩。

「給我她的電話，我馬上打去問她！」媽媽憤怒至極。

她不尋常的情緒讓我感到莫名其妙，「妳想問什麼？」

「問你有沒有在說謊！」

她大發雷霆拍響桌子，聲音之大驚動了睡著的悠悠。她在房裡大哭，可媽媽依然無動於衷，半晌，我聽見羅宇安撫悠悠的聲音。

我不明所以地看著媽媽，「我說什麼謊了？」

「你其實一個人吧？沒有和任何朋友一起旅行。」

就因為這點小事大發脾氣？我不明白這有什麼值得她生這麼大的氣，「就算是又如何？」

「你向我撒謊！寧可獨自一人，也不願意與你的家人一起，對吧？」

我頓時恍然大悟，每次都隱忍我說謊來逃避家庭活動的媽媽這次忍不了。諷刺的是，我這一次沒說謊。

既然媽媽挑破了窗戶紙，我也無需再隱瞞，「妳明知道那會讓我不自在。」

「爲什麼和家人在一起會感到不自在？」

我沉默許久，看著她，「我不知道。」

「你從來都沒有把羅宇和悠悠當作家人吧？」媽媽倒抽一口氣，說出了她內心裡一直清楚，又不願承認的事。

面對媽媽的咄咄逼人，換作是從前，我都會撒謊敷衍，但這種謊言到底要說到什麼時候？於是，我誠實回答：「好像是這樣。」

「爲什麼？」媽媽聲音顫抖，或許是太生氣，又或許是太傷心。

我的思緒也隨之炸開，「我無法像媽媽那樣輕易忘記過去，重新開始。」

媽媽愣住，從她睜大的雙眼我能知道，她很清楚我所謂的過去，代表的是死去的哥哥。

「你是不是一直都在怪我？怪我搬到新的地方、組織新的家庭、開始新的生活。但是這並不代表我內心的傷痛已經痊癒！」

我啞口無言，不知如何回應。

我從來沒有認爲媽媽重新組織家庭是一個錯誤，只是認爲她走得太快了。又或許是我一直停留在過去，不願前進。

「我不是這個意思。」

這句話毫無意義。說出去的話猶如子彈，字字句句穿心裂肺，如今怎麼解釋也無法挽回。

「對不起……」我不敢再看她，怕看到她眼神中的難過與失望，我低著頭倉惶逃回房間。

我對自己很失望，接二連三讓關心自己的人傷心難過。

如果一切可以重來就好，重新來到那個死亡的十字路口，讓我再做一次選擇。

帶著不可能實現的夢想，我昏昏沉沉地倒在床上。

那一夜後，好像什麼都變了，也好像什麼都沒變。

我和媽媽的關係，依然維持在和平狀態，媽媽表面看起來安然無恙，但我深知並非如此，她精神不濟、心神不寧。

即使處在這種氣氛，我還是盡量讓生活回到軌道，不多想，讓時間沖淡一切。

悠悠一如往常，一看到我就眉開眼笑。羅宇則有所不同，他對我說的話變多了。

我知道他試圖了解我，雖然不知道爲什麼。我不太適應，也不至於困擾。

晚餐時，羅宇提議要帶我到附近的商場購買文具。我很驚訝，我們從來沒有單獨外出過。

即使心裡千萬個不願意，但是看見媽媽帶有一絲希望的眼神，我還是硬著頭皮答應了。

答應的話一出口，我看得出媽媽有些意外，但她假裝鎮定。連我自己也很意外，不過，情況或許不會太糟。

晚飯過後，我們前往商場。離開前，悠悠一直鬧著要跟隨我們，媽媽很識趣地抱走她。

購買好文具，我們走在回家的路上。

平時只要是我們兩人相處，必定是安靜得一根針掉在地上都聽到。但這次，他問了我很多問題，還問了我開學後的課程安排，以及畢業後的計畫……

他問一句，我答一句，後來他實在沒有問題要發問了，居然和我聊起天氣。

「其實你不必這麼做。」

他不解地看著我，「你指的是？」

「你不必勉強和我相處。」

「我沒勉強，只是在學習。」

「不必學習，像以前那樣就可以了。」

「以前我只是想讓你有個人空間，所以從來不干涉，如今看來是我用錯方式。」

「你沒有，是我的錯。」我至今依然沒有眞正的把他和悠悠當作家人。

「那天我無意間聽見你和你媽媽的爭執，我知道失去哥哥的你很痛苦，他也値得你緬懷一輩子，但你質疑你媽媽忘記這個傷痛，實在太不應該。」

我慚愧地低下頭，「那天是我說錯話了。」

「試想，你失去的是兄弟，但她失去的可是她的孩子，她受到的痛苦難道會比你少嗎？」

「會。」雙腳彷彿被灌了鉛，每一步都猶如千斤重。

我緩緩開口：「因爲害死他的人是我。」

羅宇頓時停下腳步，他冷靜的雙眼第一次閃過波瀾。

多年前的春天，我哥哥終於在經歷第三次重考後得到駕照。

他經常會使喚我做一些小事，例如打掃他的房間，或是幫他到街上的雜貨店買東西，來獎勵我坐在副駕駛座兜風的機會。

做這些小事雖然讓我很厭煩，但得到的回報讓我甘之如飴。

「想要得到回報就必須付出，天下沒有白吃的午餐。」

這是哥哥第二愛說的口頭禪。而他最愛說的口頭禪是「想清楚再做出選擇」。

「決定好了嗎？今天要去哪裡？」

哥哥開車前都會愼重提問，而我每次都會假裝仔細思考才回答。

其實我心裡知道，無論是走哪一條路、去哪裡，我都不會後悔。

我從來沒有眞正的「思考後再做出決定」，至少在那一年的聖誕節以前，我從未認眞想過。

聖誕節當天，媽媽必須工作到很晚，甚至不能回來陪我們共度聖誕節，所以我答應了那位親切阿姨的邀約，她表示會做很多好吃的食物給我。

因爲是夜晚，我不能擅自騎自行車前往，所以我拜託哥哥開車帶我去。

不出我所料，哥哥爽快答應，當然也免不了一些附加條件。他列下了讓我爲他做的家務事，還讓我在紙條上簽名，雖然很不情願，我還是一一照做。

等紅綠燈時，車子恰好停在一個巨大的廣告看板邊，順著望去，上面印著遊樂園的宣傳資訊，上頭寫著「煙火秀巡迴，只限今天」。

「是五年一度的巡迴煙火秀！」我指著廣告看板激動不已。

哥哥漫不經心地望去，「是又怎樣，只限今天。可惜你今天要去朋友家，要不然……」

「要不然怎麼？」

「我今晚恰好沒有上夜班，而且口袋的錢恰好夠買兩張門票……」

「好啊好啊，那就去啊！」我幾乎不假思索。

他撇頭看著我，我繼續道：「更換計畫！我們去遊樂園看煙火秀！」

哥哥拍了我的腦袋笑道：「那你朋友那裡怎麼辦？」

「到電話亭打電話，就說我不去了！」

「你確定？要想清楚啊聿珩。」

哥哥再三詢問，可我心意已決。

打到親切阿姨家的電話無人接聽，我很快便放棄致電，亢奮地拉著哥哥的手，直奔向燈光四射的遊樂園。

這一切是那麼美好，我不僅看到燦爛的煙火，哥哥還在玩遊戲的環節中，贏到了一個幾乎和我一樣高的玩偶。我無法形容我有多開心。

回家的路上夜深人靜，我一次又一次地告訴我哥：「這是我做過最好的決定……」

哥哥滿臉微笑地看著我，下一秒，一輛違規的紅色汽車朝著他狠狠撞來……

我和羅宇順著樓下的公園走了好幾圈，聽我說完所有的事情，他反倒平靜很多。

「那是場意外。」他說出了所有人都會說的一句話。

「那確實是，對吧？」我嘗試認同他並說服自己。

看，又一個人這麼說，那或許眞的是意外，一切與我無關。然而，無論如何說服自己，那份愧疚感永遠無法消散。

「我對你感到抱歉。」

「你不必爲任何事道歉。」

「確實有必要，因爲我從來沒有眞正對你表達過關心。」

「這其實是我最喜歡你的一點。」脫口而出後，我才發現這話有些不妥當。

他並不介意，「沒關係，但我們必須嘗試改變我們的相處方式。」

「例如？」

「例如這樣，偶爾散散步，偶爾吃吃飯，就只有我們兩人……」

「如果我拒絕呢？」

「那我只好等你答應。」

我低頭不語。

「失去的人，我們該緬懷追憶，而眼前的人，我們該珍惜珍重。」

我愣了愣，不知如何回應。

順著路途回到公寓樓下，此時的晚霞暈染整片天空，媽媽和悠悠站在公寓門口等待我們。

「還有一點，聿珩。」羅宇在我走向她們時開口：「別讓悠悠和你一樣承受失去哥哥的感受。」

我看著一直對我揮手微笑的悠悠，突然感覺眼裡沉甸甸的。

「她很在乎她的哥哥，就像你在乎你的哥哥一樣。」

悠悠等不及，掙脫媽媽的手，跑到我們面前，然後用力地擁抱我。

這一次，我沒有推開她。

那一晚，我夢見了我在悠悠的房間裡。

她玩著家家酒，一看見我，她趕緊把坐著的小熊扔到一邊，招呼我坐下。

她熱情地爲我倒茶，突然一陣敲門聲傳來，悠悠走去打開門，門外的人竟然是哥哥，那個乾淨又帥氣，臉上帶著溫柔笑意的哥哥。

他參與了我們的下午茶派對，我們安靜坐著，悠悠站起身爲我們倒茶，不知說了什麼的我們相視一笑。

這是從他離世至今，我第一次如此清晰地夢見他。

在經歷了與媽媽和解、與羅宇敞開心扉，再到誠心誠意接納悠悠，我依然還是那個我，時時刻刻都在爲未知的事情做評估和計算。看似沒什麼改變，又有著說不出的差異。

生活漸漸回到軌道，卻一直無法前進，因爲那段短暫又充滿迷幻和神祕色彩的旅途，成爲了我不斷回首的過去。

方黎依然沒回來，我依然不知她的去向。

她甚至更換電話號碼，我一度懷疑和她的旅途只是一場夢。但那個行李箱是最好的證明。

那個放置在房間角落，被我用衣物遮蓋著，嘗試隱藏住，讓自己看不見的行李箱。只要看不見就不會覺得心塞，只要看不見就不會覺得難受的行李箱。

今天，我把它從黑暗中拉了出來。

趁著今天天氣晴朗，趁著今天陽光普照，我想讓一切回歸原位，即使我還是沒有做好心理準備。

衣服被我一件件拿出來洗乾淨，一件件摺疊放好，充電器、相機、盥洗物品……

所有的一切都回歸原位。

只有一樣東西不屬於任何地方——被皺巴巴的彩色花紙包裹住的水晶玻璃球。

舉起玻璃球湊近一看，裡面是個完美的世界。

百花齊放的木屋邊有一個秋千，上頭坐著一個小女孩，她帶著彩色的羽絨帽子。

我輕輕搖晃水晶球，秋千慢慢前後擺動，雪花四處飛揚，這場景美麗極了。

即使我再克制自己，也無法不想起原本屬於這顆玻璃球的主人……

她現在到底在哪裡？

日程本裡空下的那幾頁看著實在刺眼，我把旅途的事情都寫了上去。洋洋灑灑，密密麻麻，方黎明亮又耀眼的名字到處可見。

她的出現為我乾枯乏味的日程注入靈魂，變得鮮活明媚，變得陽光燦爛。

然而，只是那幾天，那幾天之後，一切回歸黯然。

開學後，方黎依然沒有到學校。

到了第三天，我終於鼓起勇氣向老師詢問她的下落。見老師意外地看著我，我補充，「她借走我一樣東西還沒還。」

「很重要的東西嗎？」

我點了點頭。

「那你可能拿不回來，她已經申請轉學了。」

猝不及防的消息瞬間抽離我所有的思緒。

按照計畫，我踩著自行車踏板前往麵包店，卻在遇上岔路時走向另外一條路，越過那間正準備營業的漫畫店，順著路口一直來到雜貨店。

望向樓上，那一件件七彩斑斕的衣服，沒有如往常般在陽台上隨風飛揚。

我沒有辦法再面對舊日程本，這本日程本來就該在她手上，於是我收起日程本，當作送給她，再到文具店買了一本新的。

回到家，打開日程本計畫著未來事情，一切好像有所變化。

心有所想，我不再謹慎嚴正，手中握著的鋼筆隨著思緒遊走。

以為在編寫未來行程，完成後低頭一看，才發現好像是在寫願望——星期一和方黎一起吃拉麵，星期二和方黎一起買模型，星期三和方黎一起到漫畫店……

新的日程本又要作廢了嗎？反正也不可能會實現。

正準備再次前往文具店，這時，我收到了一個包裹，厚厚的、重重的。

我的心劇烈跳動，導致雙手無法控制地顫抖。

打開包裹，是一本黑色的厚皮書。

「如果有天眞的讓妳打開我的日程本，我好像可以想像妳的模樣。」

忽而想起那天在度假村吃草莓聖代時，我對她說過的那些話。

她托著下巴饒富興味地看著我，「以爲我會驚訝、疑惑，甚至覺得好笑？」

「妳是會什麼讀心術嗎？」

她嗤笑一聲，「那是因爲我太了解你，而說出這樣的話，也代表你太不了解我，我可是見識過大風大浪的人。」

「好吧，即使妳不會感到驚訝，那我肯定妳會覺得好笑。」

「是因爲我總喜歡對你笑嗎？」

「呃……好像也是。」

「那是因爲看見你我就想笑。」

「喂，妳這話是什麼意思？我很好笑嗎？」

「不是覺得你好笑。你怎麼像個木頭人？」

「哦，所以我現在不是機器人，退化成木頭人了嗎？等等……請不要又用這種看小貓小狗的眼神看我。」

「你眞是的，不用擔心我會嘲笑你。我倒是很好奇你看完漫畫後的反應。」

「妳這表情，似乎想嚇我？」

她意味深長地看著我，「你就好好期待吧。」

於是，我深吸一口氣，打開了那本厚皮書——

第九章

第三話　午夜

在安靜的歲月裡，女孩曾短暫養過一隻流浪貓。

那時是她經歷的第五次搬家，對必須再次適應環境，她感到厭倦。一切都變得沒有意義，不斷地逃亡，不斷地躲避。有時候她甚至分不清，到底這座城市是虛構的，還是她的人生是虛構的。

這種沒有意義的生活，一直持續到她遇見一隻小貓咪。

那隻小貓咪和其他流浪貓不一樣，牠全身烏黑靚麗，唯獨左耳上有個白色小點。在月光的照耀下，牠用散發綠色光芒的雙眼，在隱密的角落裡直視著她。

僅僅匆匆一瞥，她便隨著媽媽離去。

回到家後，女孩驚奇地發現那隻貓竟然出現在陽台上。

從那天起，牠總是會出現在女孩的生活中，有時候在陽台盆栽旁，有時候會在街角的燈柱下。牠總是安靜地凝視她。

有一次，女孩經過雜貨店時，順手買了貓罐頭要餵牠。她的媽媽看見後沒有反對，於是她便經常放置罐頭在陽台上，餵食偶爾來訪的小貓咪，甚至會悄悄放任牠進來房間內。

因爲牠總是喜歡在午夜出現，所以女孩爲牠取名爲「午夜」。

午夜的出現，讓她在冰冷的世界感受到一絲溫暖，也覺得黑夜不再如自己想像般難熬。

然而，好日子來得快，去得也快。

這天，午夜慵懶地躺在她的書桌上，突然間，窗外飛來了一隻大蝴蝶，午夜被蝴蝶吸引，追逐著牠在房裡跑跳。

蝴蝶最終在桌燈上停下，午夜靜悄悄地靠近。一躍上前時驚動了蝴蝶，牠瞬間起飛，晃動著翅膀在房間晃了一圈後飛向客廳，午夜一蹬腿便追了上去。

女孩大驚失色，她從來沒有讓午夜離開過房間。她著急地追出去，這時的午夜早已完全失控。

牠跳躍到裝著碗碟的櫥櫃嘗試捉住蝴蝶，卻不愼弄翻擺放在上的碗碟。蝴蝶一路飛，午夜一路追逐，碗架上的碗碟隨著牠的動作掉落在地，發出了清脆的破碎聲。同時夾雜著女人尖銳的聲音。

最後，女孩捉住了失控的午夜，但為時已晚。受到聲音刺激的女人凶狠地咆哮著，拿起身邊的木棍，瞪著女孩懷中的貓。她赤紅的雙眼彷彿下一刻就會溢出血液，那充滿殺意的目光意味著什麼，女孩再清楚不過。

女孩不假思索地抱著午夜衝出大門，雖然她跑得很快，但媽媽的聲音一直在身後追趕，她不敢停下，只能一直朝著月亮的方向奔跑。

她回過頭望了一眼，身後的媽媽，月光下的媽媽，她披頭散髮，她凶神惡煞，她哀怨的神態透露出死亡的氣味……

那是女孩記憶中跑得最快的一次，在她成功擺脫她媽媽後，她來到一條暗巷。

她低頭看一眼懷裡的午夜，發現受驚的牠縮起身瑟瑟發抖。

「不怕了，不怕了。」女孩輕聲安撫著。

她知道事情再也沒有轉圜的地步，她留下午夜獨自離去，可是午夜仍一路跟隨著她。

女孩清楚無法帶牠回去，「你走吧，不要跟著我，跟著有光的地方走……」

她破天荒地喝斥午夜，但午夜依然跟隨她，女孩唯有奮力奔跑。一路跑，路燈隨之閃爍，一直跑到雙腳發麻，再也跑不動時，女孩才敢回頭。

一回頭，身後一片黑暗——午夜沒跟上來，牠朝著光去了……

女孩身心疲累，但她沒有馬上回家，她了解媽媽的情緒，知道必須讓她冷靜一段時間。於是她蜷縮在既黑暗又冷冽的角落，一直等到天亮才顫抖著身體徒步回家。

一到家，大門沒緊閉，女孩輕輕一推就走了進去。

她發現媽媽躺在沙發上熟睡，客廳、飯廳、廚房……滿地皆是碎片，家裡能被甩破的東西都已遭殃。

女孩麻木地拿起掃把清理滿地的碎片。來到廚房，隱隱約約，她透過窗戶看見對面的公寓——一家四口，和樂融融地在餐桌上吃早餐。

她看見小女孩的父親拿起麵包放到她的盤子，她看見小女孩甜蜜的微笑，那一瞬，女孩想起她的爸爸。

找到他，說不定可以改變什麼。她想。

第四話　背叛

女孩有了違背她與媽媽之間誓言的心，她暗之籌謀，等待時機。

在一個夜裡，女孩趁著媽媽入睡，拿出藏在抽屜內側的信封。裡面的錢都是她長久以來從媽媽的皮包裡拿的，聚少成多。她一直在算也一直在等，這一天終於到來。

她拿了錢，在桌上留了紙條，趁著夜深人靜，拿起背包踏上旅途。

女孩並不是眞的想要離開她的媽媽，只是想見一見多年未見的爸爸，希望爸爸可以幫幫媽媽，畢竟這世上除了爸爸，再也沒有其他親人了。

女孩想起爸爸說過會回故鄉，所以，女孩依記憶來到爸爸的故鄉。

一路上還算順利，天亮後，她終於達到目的地。現下正好是春天，百花齊放，鳥語花香。

她憶起上一次來訪的事，已經好多年前了，那時也是春天。如今再度到來，恍若隔世。

女孩不記得她爸爸住在哪，只能向路過的人打聽，但匆匆一別的陌生人不可能會知道。

天色漸漸暗了，街道很快變得寒冷，她依舊沒有打聽到爸爸的住處。

她失落極了，又冷又渴又累又餓地蜷縮在街角，這時，一個年輕漂亮的女人發現了狼狽的她。

她把女孩帶到溫暖的餐廳，餐桌上排滿美味的食物，女孩顧不得形象狼吞虎嚥，飽足之後才意識到失態。

漂亮女人一點也不介意，滿懷笑容地看著她，「妳肯定是餓壞了，夠不夠？不夠我再……」

「夠了。」女孩小聲回答。她好久沒有如此滿足地飽食一頓，她低著頭道謝。

「不客氣。」女人溫柔地笑了，「妳怎麼會一個人流浪在街頭，爸爸媽媽呢？是不是走散了？」

「不是。」女孩想了一會，還是決定把來找爸爸的事，一五一十地告訴眼前的漂亮阿姨。

女人聽完，臉上的笑容漸漸消失。她語重心長地告訴女孩，「回去吧！回到媽媽的身邊。妳這樣跑出來，媽媽一定會很擔心的。」

她有些委屈，「但是，我想見見爸爸。」

「妳爸爸……說不定已經不在這了，妳在這裡流浪下去也不是辦法。」

錢已用盡，黑夜降臨，種種的困境使女孩很快就妥協。

女人送她到車站，不僅幫她買了車票，還買了好多好多的零食給她。

送女孩上火車時，女人留下電話號碼在一張紙條上，「有麻煩就聯絡我。」

火車漸漸駛離，女人站在月台凝視女孩，女孩則是用力地揮手道別，心裡不捨。

那時候的女孩還不知道，她和漂亮阿姨的緣分，遠遠還沒結束。

一回到家，女孩大吃一驚。家裡翻天覆地，她的媽媽平靜地坐在沙發上。黑夜裡，她沒有開燈。

「回來了嗎？」黑暗中，她聽見媽媽細細的聲音。

女孩膽怯地道：「我只是去了……」

「我和妳說過的話，妳都忘了嗎？」女人站起身，她的身影完全遮蓋住從窗外透進的月光。

「我只是想要見爸爸——」女孩鼓起勇氣解釋。

話還沒說完，她猛然被扇了一耳光，力量之大讓她撲倒在地。

嘴裡還殘留著零食的餘味，臉上傳來陣陣刺痛，即使媽媽瘋狂咆哮，女孩也什麼都聽不見，只想起漂亮阿姨說過的「有麻煩就聯絡我」。

這一刻，女孩是真的想要離開了。

她站起身跑出去，來到樓梯口時被媽媽拉住，她拚命掙脫卻用力過猛，媽媽手一鬆，女孩便一腳踩空，沿著樓梯從二樓一路摔到一樓。

倒在地上的女孩耳朵嗡嗡作響，她看見媽媽驚慌失措的表情，張大的嘴彷彿在吶喊，但她聽不見任何聲音，也感覺不到任何的疼痛，全身猶如麻醉。

這時，她腦海不斷響起媽媽曾經對她說過的話——

「不能逃離，永遠，都不能！」

因爲脊椎受到撞擊，女孩暫時無法行走，必須坐在輪椅上療養幾個星期。

「妳違背了誓言才會受到懲罰，變成這樣。」她聽見媽媽說：「但是不用擔心，會好起來的。只要妳乖乖聽話，就會好起來。」

女孩聽話了，她把漂亮阿姨的電話號碼扔在風中，看著紙條隨風飄揚，越來越遠，一直到她再也看不見爲止。

很快，她們又搬家了。這一次，她們來到更爲偏遠的小鎮。

女孩因爲行動不便，只能一直待在房間內。房間很小，只有一扇窗戶，她唯一的樂趣就是望著窗外。很不巧，這扇窗戶所能望見的景色只有一條小巷。

她百無聊賴，經常會折紙飛機，讓紙飛機隨風而去。

女孩無所事事地過著每一天，直到有一天，她手中的紙飛機降落在一個騎著自行車的小男孩身上。

他被突然降落的紙飛機嚇到，搖擺不定的自行車失去平衡，他摔倒在地，哭紅了鼻子。

第五話　半月

一直以來，女孩都知道嘈雜的聲音是媽媽的天敵，一旦發出的分貝過高，媽媽就會變得煩躁。

因此，女孩一直小心翼翼，做什麼事都是，她很清楚要安撫媽媽的情緒，唯一的方法就是盡可能不發出任何聲音。

但是，那個跌倒在地而受傷的男孩，此時正無助地坐在地上哇哇大哭。

女孩心驚膽跳，擔憂哭聲會吵到媽媽。正想著怎麼讓他安靜，他突然靜了下來，女孩因此鬆了一口氣。

下一秒，她看見媽媽從角落走出，高大的身影完全遮蓋住可憐的小男孩。

女孩屏住呼吸，看著媽媽牽著小男孩走進角落。

她來不及細想，腦海中不斷閃過媽媽對著午夜的凶神惡煞。她急著想要出去看看，還沒來得及把輪椅推到房門，就聽到大門被打開的聲音。

她慢慢地打開房門，從縫隙，她看見小男孩不哭了，坐在破舊沙發上，拿著紙巾大力地擦拭著紅通的鼻子，而媽媽正在爲男孩擦拭傷口。

不一會，客廳只剩下男孩，他東張西望，似乎打算要走了。

他站起身把散落的零食拚命地塞到口袋，接著左顧右盼，忽而與女孩四目相交。

女孩下意識後退一步，正準備關上房門，她聽見男孩說：「這些都留給妳。」

沒過多久，男孩騎著自行車獨自離去。離開前，他還回頭看了看女孩，對她揮了揮手。這次，女孩沒有閃避。

自此，男孩三不五時就會登門拜訪。女孩起初有些擔心媽媽的情緒，但是媽媽很喜歡小男孩，每次他來，她都能感覺媽媽的心情很好，甚至會給男孩好多好多的零食和糖果。

女孩在傷癒後才出房間。面對她，男孩一點也不陌生，熱情地和她打招呼，擅自打開她家的電視坐在沙發上。

他一邊吃零食，一邊看電視，他愛說話也愛發問，客廳裡圍繞的，除了電視機的聲音，就是他的聲音。

女孩經常會把電視的聲音調小，因爲她喜歡聽他充滿朝氣的活潑聲音。

他都會待到黃昏才離去。

因爲有了伴，所以有了盼。女孩的生活變得不一樣，她不再像以前那樣得過且過，她會期盼明天的到來。這是她從來沒有過的感覺。

只是這感覺沒有維持太久，因爲隱藏在她媽媽心中的黑暗裂縫越來越大，小小的女孩再也支撐不了，最終在她生日那天爆裂。

那一天，女人帶回一個又大又圓的蛋糕，是女孩最喜歡的草莓蛋糕，還反常地爲女孩梳妝打扮。

女孩照著鏡子，難得地感覺自己漂亮。自從被剪去長髮後，她好久都沒有這樣光鮮亮麗地站在鏡子前。

她走出客廳，看見媽媽點燃蠟燭，捧著蛋糕，和男孩一起爲她唱生日歌。

一曲完畢，男孩讓女孩許願。女孩對著蠟燭說：「希望——」

男孩急忙制止，「願望不能說出來，不然會不靈！」

女孩笑了，在心中偷偷許下了一個願望。

最後，男孩玩得太累睡在沙發上。看著睡著的男孩，女孩感到片刻寧靜，她眞的好希望這份寧靜可以一直延續。

「今天很開心吧？」女人冷不防地出現在女孩身後。

女孩點點頭，「蛋糕很好吃。」

「妳好久都沒有吃蛋糕了吧？媽媽眞的很對不起妳。」

「沒有……」

「有，媽媽總是忽略妳的感受，自從午夜走後，妳就很少笑了。」女人摸摸女兒的頭，語氣惋惜地道。

想到午夜，女孩不由心頭一痛。

她接著說：「但是最近，妳的笑容又回來了，是因爲這個男孩吧？」

女孩沒有回答，但臉上不自覺浮現笑容。

「看，我一提到他，妳就笑了。」

女孩無法否認。

這時，女人輕輕地在女孩耳邊說：「那麼我們……帶走他吧。」

女孩疑惑看著媽媽，對方卻面不改色，「我們又要走了，這一次把他一起帶走，讓他跟著我們，無論到什麼地方……」

女孩不敢相信，「怎麼可以！」

「怎麼不可以？」女人放開女孩坐到沙發上，拿起量尺，度量著男孩的身高，「只要把他放進行李箱裡，就不會有人知道是我們帶走他。」

「不要！不可以！」

她放下量尺，凝視著女孩，「不要擔心，媽媽最愛的還是妳。」

「不要！我不要妳帶走他！」女孩被巨大的恐慌掩蓋，渾身顫抖。她從來沒那麼害怕過，哪怕被媽媽無數次的冷酷對待和懲罰，她都沒有像現在這般害怕。

「我又沒有詢問妳的意見。」

說完，女人撫摸了男孩的頭。她看著他的眼神銳利，猶如成功捕捉到一隻獵物。

窗外吹來陣陣冷風，布簾隨著風放肆飛揚，在一片血紅色的天空下，烏鴉躁動地四處亂飛。

那一刻女孩徹底清醒，她知道，日子再也不會變得更好了。

第六話　再會

男孩如時到來，女孩氣急敗壞，「不是叫你別再來嗎？」

男孩無辜又委屈地看著女孩，「阿姨讓我來的，她說她出去買大箱子，讓我在她家等。」

「不要聽她的話！你快點走！」

女孩奮力想推他出門口，他卻巧妙躲過，「阿姨說要帶我去好玩的地方，妳幹麼不讓我去？」

他背著書包坐在客廳的紅色沙發，女孩焦急不安卻無可奈何，一心只想著一定要讓男孩離開，不能讓媽媽帶走他。

她不斷地踱來踱去，最後，她靈機一動，「剛剛媽媽打電話來，叫我們到街口和她會合。」

男孩的視線從電視機轉移到女孩身上，他瞇著眼打量，「眞的嗎？我怎麼沒聽到電話響？」

「那是因爲你看電視看得太專注，如果不相信，你自己在這等吧。」說完，她拿起背包就要往外走。

幸好，男孩上當了，他跳下沙發跟上女孩。

要帶他去哪裡，女孩完全沒有主意，只是在街道上漫無目的地亂逛。

就算此刻和他挑明，他大概也搞不清楚狀況。媽媽說要帶他逃離這座虛構的城市，他說不定還會覺得很有趣、很起勁。到底該怎麼辦，讓他回家他又不願意……

滿懷心事的女孩，走了好一段路才發現身後吵吵鬧鬧的人不再說話。她下意識回頭，他正站在一家蛋糕店外面，凝視著櫥窗內的蛋糕，一動也不動。

女孩走去，「你回家吧！今天是聖誕節，你回去和家人吃飯，明天再來好嗎？」只要今天不來她家，他就算明天來也不會出事。女孩下定決心，要做一件很多年前她爸爸來不及做的事情。

男孩指著櫥窗內的蛋糕，「是草莓蛋糕！」

女孩嚴肅道：「我跟你說的話你有沒有在聽，今天是聖誕節，我跟我媽媽出遊，不想要有你這個外人參與，你別總是纏著我們行不行？」

「我這就進去買，妳別生氣。等我一下！」

他到底能不能再長點心，又貪吃又貪玩，一點警覺心都沒有，這樣隨隨便便跟著別人走，有沒有想過後果？女孩忍不住在心中吐槽。

「幹麼凶巴巴地看著我？」男孩捧著蛋糕走出蛋糕店，他小心翼翼地道：「蛋糕是小了一點，但是我口袋的錢不夠啊……店長阿姨是看在我可愛的分上給我打折，不然連小蛋糕都沒有。」

見女孩臉色丕變，男孩懊惱道：「妳不是喜歡草莓蛋糕嗎？我特意買給妳的。」

感覺有什麼東西觸動了她的心，女孩低下頭，眼睛沉沉的，看什麼都顯得模糊。

「快點啦，再不吃奶油就要融化了。」

於是他們席地而坐，就在蛋糕店門口旁邊，就在熱鬧喧嘩的街道上。

女孩雙手合十，「希望你以後……」

「妳在許願嗎？這是聖誕蛋糕，不是生日蛋糕喔！」

女孩默默不語，男孩撓撓頭道：「也是可以啦！妳要是想許願也沒問題，不過不許說出來。」

好，那就祝你平安健康，祝你喜樂安然。女孩閉上眼，在心中暗自許下願望。

「好了沒？」

一睜眼，對上眼睛亮晶晶的男孩，女孩點頭微笑。

他們一人一口，小小的蛋糕很快就分食完畢，男孩仍意猶未盡，「等我哥發薪水，我一定要他買個大的蛋糕，到時再讓妳許願。」

女孩忍不住笑了。

夢想很美好，可現實很殘酷，嘴裡的甜蜜滋味，很快因為天色暗下而變得苦澀。

「剛剛妳說的話我都聽見囉！果然是把我騙出來，那我回去好了，反正我哥下班後會帶我去玩！」

男孩起身就要走，女孩忽而問道：「那你明天還會來嗎？」

「那我可不可以去？」

「你別來了。」

「我偏要！」他賭氣般轉過身。

意識到或許再也沒有機會見到他，女孩忍不住開口叫喚，還沒發出聲，男孩忽而轉過身。

「差點忘了。」

男孩從背包裡抓了一大把糖果放到女孩手心上，她感覺手掌沉甸甸。

「你明天來了也見不到我。」女孩低低地說。

「為什麼？」

「因為我和媽媽就要搬走了。」

「要去哪裡？」

「一個很遠的地方。」

「可以不去嗎？」

女孩深深閉上眼睛，「恐怕不能。」

「可妳看起來並不想去。」

「但那樣做是對的……」那樣是對的，那樣才可以幫到媽媽。女孩喃喃自語。

男孩追問：「妳們還會回來嗎？」

「應該不會了。」女孩莫名難過，「我走了以後，你會不會忘了我？」

男孩想了想，搖了搖頭。

女孩心中有數，知道他在撒謊，說不定她一走，他立刻就忘了她。

「爲什麼妳好像很難過？」

男孩的問題彷彿永無止境，女孩想要一一解答，奈何已經沒有時間了。

「你走吧。」她說：「向有光的地方走去。」

男孩笑了笑，「明天我還要去找妳，那就明天見！」

女孩眷戀地看著他的背影，無聲地說「再見」。

倉促趕回家，女孩深吸一口氣，拿著詢問來的電話號碼。

抓起電話的那刻，她的手顫抖不已，「這樣做才能幫到媽媽……」她一邊自我安慰，一邊按下電話號碼。

電話那端傳來忙音，她發著呆，看著她和媽媽唯一的一張合照——照片上的兩人都笑得很開心。

她想起，搬過這麼多次家，媽媽什麼都沒帶走，因爲要帶的東西太多，索性什麼都不帶，唯獨這一張照片，從來沒有被遺留過。

女孩緊緊地握著照片。這時，電話傳來了回應，可她卻掛斷電話。

很快，女人回到家，帶了好多零食，還有一個大箱子。

「他在哪？」她突然開口。

女孩盯著大箱子，內心恐慌又不安，「他……回去了。」

「爲什麼不留住他？我說過，今天就要離開。」說完，女人轉身走到廚房。

沒有燈光的廚房很暗，女孩看不見媽媽，但她聽得見她的聲音，夾雜著暴風雨前夕的平靜。

「我們吵了一架，他生氣地跑回家了。」

女人走出黑暗，「妳知道，說謊會被懲罰。」

女孩克制顫抖的雙手，「我不知道爲什麼他突然大發脾氣。媽媽，我覺得他不適合和我們繼續相處……」

「我不這麼認爲，就算妳覺得不適合，那又怎樣，我可不能事事都遷就妳！」

「但他不會再來了。」

女人沉默片刻，忽而笑出聲，「妳太天眞了，以爲我不知道妳玩的把戲？」

手慢慢伸出黑暗，女人輕輕撫摸女孩的頭，女孩很害怕，卻也不敢躲避。

最後，女人走到電話邊撥通電話。

「是我啊！我的聲音你不認得嗎？沒錯，就是親切的阿姨。你怎麼回家了呢？她眞的那麼說嗎？眞是的，她在和你開玩笑，阿姨當然希望你來。我知道現在很晚了，不如你今晚就過來吃晚餐好嗎？今天是聖誕節，阿姨煮了豐盛的食物，全都是你最愛吃的。她當然也很歡迎你，她最喜歡你了。好的，就這樣說定了。」

女人掛上電話，抬頭看向女孩，「他說，他馬上就到。」

對上媽媽的眼，女孩被那邪惡笑容給刺痛。她轉而盯著電話旁的那張照片，看了許久，她走上前蓋下照片。

「媽媽……」她靠近並用力地擁抱著媽媽。

女人很驚訝，輕輕推開她，「怎麼了？」

女孩仍然低著頭，「我買了一份禮物想要送給妳。」

「什麼禮物？」

「聖誕禮物，在我的房間，妳進去看就知道了……」

女人遲疑地盯著女孩，仍走進房間。

裡頭什麼都沒有，她的微笑瞬間凝固在臉上。憤怒的表情還沒來得及從她臉上綻開，女孩冷不防地用力一推，把女人推進房內，反鎖起房門。

房間傳來用力撞擊房門的聲音，以及歇斯底里的尖叫聲。這讓女孩回想起從前媽媽被爸爸關在房間的時候，那可怕的聲音一模一樣。

女孩顫顫巍巍地拿起電話，再次撥通，這一次電話沒有進入語音信箱，很快被接起。

她呆坐在房門外，無論女人如何哭訴都無動於衷。她盯著門口，祈求著男孩不要比醫務人員更先一步到達。

終於，醫務人員到來，他們把女人帶出房間。

這時，女人很快地意識到被女孩出賣了。

「爲什麼？爲什麼？」她撲向女孩，卻被醫務人員牢牢架住。

「妳需要幫助，妳眞的需要幫助……」女孩不敢看著她的媽媽，低著頭流淚。

女人仍大聲咆哮，一手指著女孩，發出惡毒的咒語——

「以爲把我送走，妳就可以自由了嗎？不可能的，就算可以逃離我，妳依然不能……不能逃離像我這樣……我這樣……」

她加重語氣，「走向黑暗的宿命。」

女孩沒想過會再次見到爸爸。再次見面，恍如隔世。

在她的媽媽住進療養院後，相關單位收集資料，輾轉聯絡到她的爸爸。相見之時，男人激動得緊緊擁抱著女孩，「不用擔心了，以後有爸爸在。」久違的溫暖擁抱，讓女孩封閉已久的心門，終於迎來了一縷陽光。

她隨著爸爸回到熟悉的故鄉，她當初沒有猜錯，爸爸真的住在她找去的地方。而爸爸的住所距離她放棄繼續尋找的地方，只相差區區兩條街。

如果當初堅持下去，事情會不會變得不一樣？她不禁有些感慨，一切都還歷歷在目，但她不願意再回想過去，新的生活已經來臨。女孩做好心理準備迎接新生活。

這時，男人突然把車子停在一邊，「到家之前，我必須要告訴妳一些事。以後就和爸爸一起生活……」

女孩點了點頭。

男人有些欲言又止，「家裡除了爸爸，還有一個阿姨……」

女孩看著爸爸，耐心地等他把話說完。

「如果妳願意，可以叫她『媽媽』，如果不願意，就叫她『阿姨』，好嗎？」

女孩明白了什麼，她遲疑了會，點點頭。

「還有……」

見爸爸吞吞吐吐的樣子，女孩緊張地緊握雙手。

「還有，妳有妹妹了，妳現在是姊姊了。」

女孩從來沒有想到事情會發展至此——從無家可歸到和爸爸重聚，準備和爸爸過新生活，才發現自己成為了姊姊。

然而，她更沒有想到的是，那「阿姨」居然是她熟悉的陌生人。

車子停在家門口，站在大門外的女人，那個抱著小女孩的女人，那個爸爸指著要她呼喚「阿姨」的女人，就是當時幫助過她的漂亮阿姨。

她們四目相視，認出了對方，但她們誰都沒有說出口。

女孩很快就融入這個家庭，她時時刻刻都在提醒自己，最壞的日子已經過去了。窗戶不再被窗簾遮蓋，她可以大大地打開，讓陽光灑進。她和爸爸相處融洽，雖然沒有了以往的親密，但她很知足。

她和妹妹也處得愉快，唯獨那位阿姨，她們相敬如賓。

女孩至此都沒有和爸爸坦白她們曾經見過面的事，多年的流浪經驗讓她學會察言觀色。

女孩想起那日阿姨忐忑不安的神情，頓時明白，她早已在那時就知道她的身分。

也因此，女孩發現阿姨每次面對她都相當戒備。

她不想惹上任何麻煩，只想安寧地過日子。然而她怎麼也沒想到，這番隱忍的態度，反倒成爲一顆深水炸彈，在一場生日會上爆發——她同父異母妹妹的生日會。

那天，她親手編織了一個花圈送給妹妹作爲禮物，妹妹戴在頭上，相當喜歡。下一秒，女孩就在廚房看見阿姨取下妹妹頭上的花圈，扔到垃圾桶裡。

「妳妹妹對花粉過敏，這東西不適合她。」女人帶著冷漠的神情居高臨下，「妳之所以可以留下，是因爲我的同意。作爲對我的報答，我希望妳可以遵守這個家的規矩，不要說妳不應該說的話，也不要太靠近妳妹妹，妳和她是不同世界的人。」

面對阿姨的百般刁難，女孩終於忍不住，「爲什麼那時候您可以對萍水相逢的我那麼友善，現在卻如此冷漠？」

女人有些錯愕，很快，她的神情又恢復以往的冷淡，「妳說得沒錯，我們第一次見面時，不過是萍水相逢的陌生人。現在，我是孩子的媽媽，我會盡我所能保護她。」

「妳認爲我會傷害她，我的妹妹嗎？」

女人突然激動，「我不會讓妳這樣做的！」

「我不會……」

女孩還來不及說完，就注意到她的爸爸走進廚房，阿姨馬上變了另一副面孔。

男人說：「一起拍張照片吧。」

女人笑著迎合。

女孩麻木地走出廚房，隨著大家來到花園。

女人拍了拍女孩的肩膀，「笑一下吧。」說完，她便抱著自己的女兒走向男人，嘴角上揚。

女孩妥協了，相機的閃光燈照亮一切。

原來燦爛的陽光裡也散著塵埃。

客廳換上了那張大合照，看著照片裡的自己，女孩意識到戴著面具的日子得繼續過下去。

她決定要離開這裡，等她再大一些，她一定要離開。

第十章

還在嗎？

漫畫的下一頁打破了次元的限制。

看到這裡，你是不是覺得很驚訝，我們居然早就認識了！
所以現在知道，爲什麼不能把你從漫畫裡移除了吧？
好想知道此刻的你是什麼表情，要是有個攝影機在記錄這一切就好了！
現在的我到底是什麼模樣？我朝著鏡子看，卻是模糊一片，什麼也沒看清。
把眼淚擦乾，我翻開下一頁。

是不是很好奇我爲什麼會認得你？當然是因爲你的名字。而如我所料，你完全不記得我，一點也不記得！

並沒有感到失望，還是很高興可以再次遇見你，也很高興，可以畫成年後的你。

我從來都未停止想像你長大的模樣，直到遇見你的那刻，所有的虛化都變得很眞實。謝謝讓我度過這麼眞實的幾個月。

還想繼續看嗎？可是已經沒有在畫了。

故事的起因如同你之前看到的那樣——長大的女孩流離於多座城市，她不斷想尋找出路，然後她回到了這裡，重遇男孩。

其實很想把旅程的事情都畫出來，可是好像已經沒有時間了。

順便一提，那天我沒有生氣，只是在懊悔，差一點就讓你受傷了，不過還是很謝謝你，雖然最後是我把你救出來！

而我之所離開，是因爲離開本來就在我的計畫之中，如果不是因爲你，我早已經走了。

不想告別，只是不想再一次和你說再見。

關於這個故事就在此告一段落，以後要是還有機會作畫，我再寄給你好不好？

你又翻頁了吧！好吧，後面還有兩話，但只是一些跟你沒關係的日常，可以不看！

番外一　探親的日子

「十多年了……」

少女穿著那件絢麗的外套，和她媽媽一同坐在公園的椅子上。

黃昏時分，天空被夕陽燒染得火紅，但過於豔麗的色彩下彷彿醞釀著什麼。

自她踏入療養院的那一刻起，她就隱約感覺不安，見到媽媽之後，這種感覺更加強烈。

少女注視著媽媽，幾乎快一年沒見，媽媽的容顏卻一點也沒有改變。

「我說，我待在這個鬼地方已經有十多年了。」

「有這麼久了嗎？」少女把帶來的橘子剝開，放到媽媽面前。

她諷刺一笑，「怎麼？妳感覺時間過得很快嗎？我怎麼感覺度日如年。」

「妳今天的氣色看起來很好。」

「我什麼時候可以離開這裡？」

「我不知道。」

「妳怎麼了？」

「我怎麼了？」

「妳看起來很糟糕。」

少女苦笑，「我一直以來都是這樣。」

「不，妳今天看起來特別糟糕。」

「是嗎？」

少女凝視著前方的景色，橘紅色的夕陽漸漸消退，隱藏在後的烏雲慢慢侵蝕了整片天空。

「妳是不是害怕那一天的到來？」

「哪一天？」

「再過不久，就是妳的二十歲生日了。」

「那又怎麼樣？」

「看看現在的我，妳就知道妳以後的下場了。」

「妳會好起來的，妳現在已經很好了。」

「但還不足以讓我離開這裡。黑夜又來臨了，那紙月亮還高高地掛在上頭，妳看見沒？」

「什麼？」

「月亮。」

少女想起了笑起來眼睛如彎月的少年，不自覺笑了，「看見了，很喜歡。」

女人臉色沉下，「妳感覺如何？」

「很好。」

「妳騙不了我。」

「我該走了。」少女收斂笑容。

此時，天空烏雲密布，凝聚的黑暗力量越來越強大，少女開始有些膽怯。

「繼續假裝無所畏懼，隱藏心中恐懼，最後妳會發現，再也沒有任何事會讓妳開心，再也沒有任何事會讓妳安心。妳將漸漸麻木，不懂憐憫。妳知道的，自妳懂事的那一天起，妳就知道的……」

少女站起身準備離開，她知道只要再拖延一秒，她的僞裝就會被媽媽識破。

「不用急著和我告別……」

她回頭相望，一道電雷忽而閃過。

「因爲我們很快就會再見面。」

蓄勢已久的暴風雨，將要來臨。

番外二　回到小鎮的日子

少女回到小時候居住的小鎮。

儘管少女在和爸爸通過電話後有些動搖，想著何不就回到家裡，然而，阿姨的聲音很快就讓她瞬間清醒。

少女告訴爸爸，讓她獨自一人回到小鎮生活一陣子。起初爸爸不同意，最後還是妥協了。

再一次搬回這裡，少女有著前所未有的感慨。

因爲要住上一段時間，她到超市買了日用品，回到家後，裡裡外外地將房子徹底打掃一番。

家裡的擺設都沒變，那間有天窗的房間，依然是最明亮的一間房。不同的是，曾經的秋千早已不知所蹤，曾經的花海也寸草不生，白色的木柵欄被雜草纏身。

歲月侵蝕了這間房子，變得痕跡斑斑。

夜裡颳起了大風，風吹進房子的各個縫隙，空蕩蕩的房內充斥著風聲，夾雜著回憶如同鬼魂一般震耳欲聾。

渾渾噩噩地倒數著日子，直到有一天，門鈴突然響了。

少女沒想到家裡的門鈴會有響起的一天，她忐忑的心夾雜著一絲期盼。

來到門口打開木門，門外出現的不是她等待的人，而是一群孩子。山下的孩子不知爲何突然跑到她家門口。

「妳……妳是……」孩子們一看見開門的少女，連連後退好幾步。

唯獨一個小男孩沒有，他站在原地問：「妳就是住在這裡的女巫嗎？」

少女覺得這個稱號很好笑，默默點頭，希望藉此把孩子們都趕下山。

站在前頭的男孩沒有被嚇到，反倒開口：「看起來不太像。」

「那是因爲太陽還沒下山，太陽下山後，我就不是這個模樣。」少女壓低聲音靠向孩子們，「看，太陽快下山了……」

孩子們聞言如驚弓之鳥一哄而散，少女得意地笑了。

然而，那個站在前頭的男孩依然不動。

「你爲什麼還不走？」

「如果妳是女巫，那妳會滿足我一個願望嗎？」

少女說：「不會。」

小男孩失望地低下頭。少女接著說：「但我有很多餅乾零食，你要和我一起喝下午茶嗎？」

男孩毫不猶豫地點了點頭，眞誠純潔的模樣讓她想起一個人。

從此，小男孩三不五時都會登門拜訪。有一天，他毫無預警失約，少女莫名著急，她看著一桌子的點心，最後決定下山尋找男孩。

來到山下，她憑著記憶，走向小男孩曾經和她提過的住家方向。

還沒達到目的地，她就看見小男孩和其他小朋友一起在公園玩得不亦樂乎。

看來他早已忘了和她的約定。少女無奈地笑了，被遺忘的感覺雖然不好受，可她會學著習慣。

少女轉而去蛋糕店買蛋糕，今天雖然不是她的生日，也不是聖誕節，但是買蛋糕已經成了她思念一個人的寄託。

對著蛋糕雙手合十，她虔誠默念著每一次許下的同一個願望——願你平安健康，願你喜樂安然

吹滅蠟燭，她安靜地等著屬於自己的黑暗時刻到來。

番外完結！

但是沒有撒花，這種時刻不太適合撒花。

面對這樣的結尾，你肯定會埋怨吧？

好好好，給你預告一下少女的結局，她最終是否會走出那座虛幻的城市？

當然不會。因爲這座城市對你而言是眞實的，對於我才是虛幻。

眞正屬於我的世界，就如同我媽所說的那樣，充滿無盡黑暗。

看到這裡眞的結束了，當然還有很多話想和你說，不過，還是這樣吧！

闔上厚皮書，我的心彷彿被綁上一串鞭炮，而漫畫的結尾如火焰般點燃它。

抱著漫畫的我蜷縮在床上，過了好久好久，仍無法平復這份濃烈的情緒。

我再也不會遇見她了嗎？那個曾經引領我走向不同道路的女孩，就這樣消失了嗎？可我還有很多話還沒跟她說。

我們的故事就如同她的漫畫戛然而止？這就是她想要的？

把事情的前因後果告訴我，難道只是因爲想要遵守承諾？那我的承諾找誰兌現？

我不允許！

坐起身，我好像知道了新的日程表該寫下什麼。

這一次不再是計畫，而是目標——我要找到她。

可是該去哪裡找？世界那麼大，她一點線索也沒有留給我。她以前居住的小鎭在哪裡？她爸爸居住的城市又在哪裡，這一切的一切我都無從得知，太殘忍了。

說沒有生氣全是假話，她一定是在埋怨我的遺忘。

可我並非有意如此，哥哥的去世讓我根本不敢回憶過去，大腦自動屏蔽。

如今，記憶全都如潮水一般湧上心頭。

桌上的日曆一頁頁地翻過，我整個人都亂了節奏。

媽媽看出我的魂不守舍，不明所以地詢問。我張開嘴卻連半個字都說不出口，一開口就會無法呼吸。

原來，弄丟了一份眞摯的情感讓我失言失語。

我開始徘徊在各個她曾經出現過的地方，尤其是那家隱密的漫畫店。

這天我仍在等待，漫畫店內依舊一片肅靜。

陽光從窗外灑進，方黎的身影彷彿就在轉角處，我愣愣地走上前，幻影卻立即消失。

還沒來得及失落，突然有人拍了拍我的肩膀，我頓時心跳加速，回頭一看，眼前站著的不是方黎，而是陳敏。

「我還以爲認錯了人，原來眞的是你。」她上下打量我，隨後露出不怎麼開心的表情。

我點點頭敷衍地打了招呼。

「其實也不太意外，你這個人奇奇怪怪的，會看這些奇奇怪怪的漫畫，也符合常理。」

她隨意翻了翻漫畫，又一臉嫌棄地將漫畫扔到遠處。

她進來的用意到底是什麼，總不會是特意來數落我的吧？

「別這樣看著我，我才沒興趣看這些，就是在外面看到你，我才會進來。」

她接著說：「你還沒說，那天爽約不來我們社團的旅行，到底是去哪裡了？」

有耳聞旅途當天失約的不只我一個，陳敏不僅沒能得到優惠價，還因爲違約交付了一大筆罰金。回到學校後，她一個個興師問罪，看來，今日輪到我了。

可我明明沒有退還費用，陳敏捉著我這顆軟柿子不放，是不是過分了一點？

見我不反駁，她還是不解氣，「所以失約的你是參與了其他社團的旅遊嗎？是熱舞社嗎？還是戲劇社？」

我仍在翻閱著漫畫，見我不語，她哼笑道：「別讓我猜中，你眞和方黎一起了，對吧？」

再次聽見這個名字，心臟還是會不受控制地膨脹，我頓時停下動作，思緒再次飄向遠方。

她大概是以爲我心虛心慌，態度更是囂張，「原來眞的是和她在一起。好吧，那就不和你計較了。看你失魂落魄的樣子，我就知道旅途很糟糕。」

不知過了多久，我回過神，她還在碎碎念。

「她已經離開，請不要再說她的壞話。」

陳敏驚奇地看著我「你這是什麼表情，你也會難過嗎？我還以爲你除了呆就是怪，原來也有感知。不過，你到底在難過什麼？因爲她的離開？這是好事吧，說不定她回到了屬於她的世界……」

是啊，可是屬於她的世界到底在哪裡？

「說起來，你能平安回來還眞幸運。」陳敏又翻開了漫畫嗤笑，「旅途中她沒把你拐走就好……」

一言驚醒夢中人，陳敏的這番話如一道雷電擊中了我。

我赫然想起，那天在失火的餐廳裡，她說過要帶我去一個地方——度假村附近的小鎭。

「如果不趕時間，我想帶你去個地方，離這裡不遠處有座小鎭，那裡是我創作漫畫的取景地之一……」

「妳……妳……」

見我指著她的手微微發抖，陳敏下意識後退幾步，「你幹麼？想幹麼？」

「謝謝妳！」

陳敏一頭霧水地看著我，「謝謝我？」

「是妳讓我想起來了。」

「想起什麼？」

「我知道了！」

推開漫畫店的大門，忽視在我身後對我連名帶姓、大聲嚷嚷的陳敏，我做了一個決定，毫不猶豫、無需顧慮的決定。

週末，我帶著我的背包、日程本，還有那本厚皮書，準備出門。

「你要去哪？」看著我大包小包，媽媽有些驚訝地問。

「旅遊時我落了一樣東西沒帶回來，現在我要去帶回來。」我說。

「是什麼重要的東西嗎？」

我堅定地回：「很重要。」

很重要，很重要，很重要。

我來到租車公司，租回同一輛、同一款汽車。

我駕駛著汽車前往目的地，沿途經過了那家曾經停留過的餐廳，經過了度假村，道路逐漸變得窄小。

換車道之後，道路成了單行道，兩邊皆是高草叢林。

我並不知道那小鎮的具體位置，只能一路對應厚皮書裡的畫像尋找。

終於，我找到了相仿的公園，暮色四下，孩子們都在玩鬧。

她畫得太像了，我一眼就看見了那位勇於前往女巫住所的男孩。

我拍了拍他肩膀，「那個女巫的房子怎麼走？」

男孩不可置信地看著我，「你也想和她許願嗎？」

我點點頭。他指著山的另一頭，「就在那裡。」

我轉身就走，他在我身後道：「不過，她不是什麼女巫喔，她很漂亮！」

我笑了笑。

等我與她相見之時，我知道她必定還是熟悉的她。帶著無法壓抑的心情，我背著沉重的背包上山。

小木屋不像漫畫那般野草滿地，反而乾乾淨淨。她正背對著我在澆水，或許土壤裡已經種下花朵的種子。

她此刻肯定很愜意，我的冒然出現，會不會打斷她的平靜。

心裡是這麼想，可腳步卻不由自主地靠近。

輕輕推開木柵欄，發出微微的聲響，我以爲她會回頭，可她沒有。我能確定她明明已經聽見聲音，明明已經停下動作，可她就是不回頭。

我雖心慌卻也沒卻步，緩緩上前，徐徐靠近。

「我……就是來給妳這個。」

拿出我的日程本遞到她身邊，她終於願意轉頭，但她垂下目光不看著我。

「贏得獎品的人，怎麼可以一聲不響就逃離，這樣會顯得我不願賭服輸。」

她輕輕握著日程本的一角，我鬆開了手，這時，她忽而抬眼看著我。

心跳再次加速，我受不了這麼壓抑的氣氛，忍不住道：「妳怎麼不說話？」

「你還眞找來了。」

聽見她的聲音，我微微安心。雖然聽起來似乎不怎麼歡迎我，但我還是點了頭。

「爲什麼？」

「因爲只是送獎品」如此口是心非的話，我再也不想說了。我說了實話：「因爲想見妳，想念妳。」

她又看了我一眼。

「我的日程表誕生於一場悲劇。」

方黎安靜地看著我，我深吸一口氣娓娓道來。

「因爲我錯誤的決定，導致悲劇發生。那件事情……即使在看過妳的漫畫，知道後續的事，我仍然覺得那是我最後悔的決定。

「那一年的聖誕節，我沒有選擇到妳家，而是選擇和我哥到附近的遊樂園看最後一場煙火秀。因爲這個決定，讓我們在回家的路上，被一輛逆向行駛的車撞上，我哥當場去世……」

話停在這裡，然後就是止不住的哭聲，我的，她的。

過了很久，我才有辦法繼續開口。

「那場車禍後，我遺失了一樣很重要的東西，每每照著鏡子，看似完好無缺，但一部分的我早已被撞得支離破碎。或許正如妳所言，我失去了靈魂。從此以後，我再也無法做出任何決定，即使再細微的決定，所牽連的走向我仍無法預測，所以我才會爲自己制定一個專屬的日程表。

「我曾經以爲最艱難的決定，就是改變我過去做出的抉擇，因爲那隱藏著太大的風險和未知數。但也不是說我從來沒有這樣做過，這個夏末的某一天，我沒有走向那條往常回家的路，而是選擇了一條不曾走過的分岔小路，這個選擇出現了意外，讓我遇見妳。

「妳的出現改變了我的想法，我的想法改變了我的選擇。正是因爲做出這種選擇而造就了現在的我，這個前所未有的我，會對妳說出一句我從前完全不可能會對妳說的話……」

我希望自己不要看起來那麼狼狽，但眼淚一直往下掉，這樣一點都不浪漫。

即使如此，我還是說了。

「跟我一起走吧。」

「然後怎樣？」

方黎幽幽的聲音從副駕駛座響起。

此刻，車子正行駛在路上，睡著的方黎不知何時醒了過來，在這個寧靜的夜，在我們正在往返回家的路。

我不確定方黎是否還在迷迷糊糊的狀態中，從她上車，我開車出發，再到現在，她都在昏睡。

「什麼怎樣？」

「回去之後，然後怎樣？」

「首先要收拾妳的公寓，太久沒回去，肯定很多灰塵。」

「然後呢？」

「妳要回學校上課。」

「然後呢？」

「太多了，妳看日程表行不行？」

「誰的日程表？」

「我的，妳的。」

「我的還是妳的？」

我不好意思地看她一眼，「我們的。」

「可是聿珩，根據我媽媽所說的話，我會在二十歲生日那天走進黑暗。你明白我的意思嗎？我會變得跟她一樣，會漸漸變得冷漠，對所有的一切都失去熱情。我情感麻木，不懂憐憫，無法容忍任何一點聲音，甚至連你的聲音都無法忍受……」

「那根本毫無根據。」

「如果她說的都是眞的呢？眞的都會發生呢？」

「如果一切如常呢？」我反問：「如果妳，方黎，還是我所認識的方黎，那個堅韌勇敢的少女。我們會一起上學，一起放學，一起執行我們的日程，一起計畫下一個旅途。如果所有事情都往好的那一面發生呢？」

「往好的方面想？這可不像是你會說的話。」

「無論哪一個如果發生，我們都會一起度過。」

「那如果……」

「別急著揣測未來，我們一步一步來。」

「一步一步來？你所計畫好的人生藍圖，你敢說你現在都不想了嗎？」

「想了，在來找妳的路上，在返回的路上，在妳問之前，在妳問之後。但是，我設想了這麼多的人生藍圖，沒有一個是沒有妳的存在。」

方黎終於不再和我狡辯，她安靜地看著窗外的景色。

過了好久，就在我以爲她又睡著時，她忽而道：「今天依然沒有月光。」

「嗯，所以我要帶妳到有月光的地方。」

她好像笑了，又好像沒有，我專注地駕駛前行。

前方的道路肅靜又幽暗，可我心中沒有一絲不安，慢慢地、穩穩地前行。

無論設想的結局最終走向有多糟糕，一想到妳在我身邊，一切都沒有那麼糟了。

回到城市，我們仍過著平凡的生活。

我們根據日程表進行每個事項，不過參考了方黎的喜好，稍微做了一點更改。

日曆一頁一頁撕去，我們過著平靜安穩的日子，雖然偶爾還是有做錯決定的時候，但我都可以淡然面對。

我和方黎都在繼續前進。

明天，就是她的生日。

「我在文具店給妳買了一份生日禮物。」

「什麼?你在文具店給我買生日禮物?」

她的口氣聽起來並不怎麼高興，於是我補充，「是平常會用到的東西。」

她好像更不高興了，「什麼？是平時經常會用的東西？溫聿珩，你要是敢送我鋼筆、鉛筆、螢光筆這類的東西……」

「當然不是。」

她的怒氣感覺稍微消退了些，然後我說：「是日程本！」

語畢，方黎掛斷了我的電話，或許是訊號不好，我再也打不通。

但是沒關係，我發了訊息給她，告訴她我待會就會到蛋糕店拿蛋糕。

然而，她一直沒有回覆我的訊息。

心裡有一點點緊張，腳步開始加快。

拿了蛋糕，回到她的公寓時，已經接近黃昏，她不在屋內。

環視一圈，我在冰箱上發現她留下的一張紙條——

「我在天台。」

提著一大袋東西，我趕緊跑上樓。

起風了，天空的晚霞被染上橘紅色，這是她最喜歡的顏色。

「抱歉，比預期的時間遲了一點點……」我心虛道。

「不過是遲了幾個小時而已，沒關係。」

「我買了很多東西給妳……」我邊說邊把手中的兩大袋放到桌子上，一袋是裝滿禮物的袋子，一袋則通通都是食物。

「這一大袋都是日程本嗎？」

聽出她語氣中的咬牙切齒，我立即解釋，「當然不是！除了日程本，當然還有其他禮物。」

她鬆了一口氣，「總算學聰明。」

我也鬆了一口氣，「那是當然，從錯誤中學習。不過禮物現在還不能打開。」

「爲什麼？」

「生日還沒到，怎麼可以先開禮物？」我把袋子挪到身後，「開這個吧！我在便利商店發現的新產品。」

時間過得很快，距離她的生日只剩不到半小時，夜也越來越深。

「我還帶了仙女棒！」

說過要燃放煙火的我，最終因爲沒有足夠的預算而打退堂鼓。

「下次一定放煙火！等我打工就有足夠的預算，到時候會買好看的煙火。」

嚴正地和她承諾，接著，我點燃仙女棒，小小的火花照亮我們兩人的臉孔。

她問：「今天有月亮嗎？」

我抬起頭，「好像被烏雲遮蓋住。」我氣餒地說。

她托著下巴看著我，「那怎麼辦？」

我笑了笑，如她的願。她滿意地摸摸我的頭。

倒數十分鐘，我才赫然想起草莓蛋糕還在冰箱裡。慌慌忙忙地跑到樓下，端著蛋糕上來時，又想起附贈的蠟燭沒有一起帶上來，又折返回屋子裡拿。

回到天台時，倒數的時間單位已經換成秒。

十……

我緊緊張張地從盒子端出草莓蛋糕。

七……

我把蠟燭插在蛋糕上。

五……

拿出火柴，奮力劃過。

三……

擦出火花的火柴點燃了蠟燭。

二……

搖搖擺擺的燭光照亮我們兩人。

一……

雙手合十，方黎許願後睜開眼，我們真誠地看著對方。

她吹滅蠟燭，黑暗將我們籠罩。

「生日快樂。」

「嗯。」

「二十一歲了，要健健康康，平安喜樂。」

「嗯。」

「記不記得妳二十歲生日時，我跟妳說過什麼？」

「太多了記不得，倒是記得你哭了。」

「喂！」

方黎笑了笑，「記得，你說你是我的魔法師，在我媽媽對我施下咒語時，你將爲我解開。」

「沒錯。」

我點亮了天台放置的小燈，一切又變得明亮。

「看，一切如常，沒有黑暗。」

「是的。」

「所以，明天也一起好好過吧！」

「好。」

「明天的明天也是……」

「好。」

「明天的明天的明天……直到……」

「直到？」

「直到永遠永遠。」

（全文完）

番外
他不知道的事

「這根本不是什麼久別重逢，這其實是蓄謀已久的計畫！」

午後的太陽傾斜而入，正在拼模型的他，突然有感而發地抬起頭，半瞇著眼，帶著審視的目光打量我。

「關於我們的相遇，其實是妳的一場預謀，對吧？」

我不想對他撒謊，於是默不作聲地在調色盤上調色。

他露出一副「我就知道」的表情，「果然如此！不過，妳怎麼會知道我的行程？莫非妳跟蹤我？」

我沉默以對，他不可置信地繼續說：「妳可眞行。」

話題本該到此爲止，就在我調出完美的色調時，他又疑惑地抬起頭，「不對，我那天完全是臨時起意，才會走進那條暗巷。」

沉吟片刻，他了然地點點頭，「果然還是命中注定。」

似是自我釋懷，他低下頭繼續拼模型。

我半句話都沒說，他好像已經從疑慮、驚訝到理解。

其實，他推測的沒錯，我確實一直在醞釀重逢計畫，而那天他的臨時起意，不過是讓我們提早相遇罷了。

「我們第一次見面在哪？」

似乎不把我逼出聲不罷休似的，我瞥他一眼，「忘了。」

「妳才不會忘記。」他「哼」了一聲，帶著得意的表情，「妳早已在學校認出我，又不願意告訴我。妳是不是偷偷暗戀我？」

在學校？倒也不是。

我尋找過你。

十六歲那年，我心心念念地悄悄回來過一趟。不出我所料，溫聿珩已經不在此地，於是幾天後我又離開。

重返平凡的生活，讓我感覺越來越糟。格格不入的群體、日漸增添的恐慌，如同巨大的壓力將我壓垮，我深知無法熬到高中畢業，於是向爸爸表示想暫停學業。

不會有人了解我的心態，他們冷眼旁觀，覺得我在無病呻吟。

爸爸對此感到難過，他覺得這不是個好兆頭，認定我即將走上媽媽的路。

可我認爲還早，還不到時候，趁還有時間想看一看世界。

於是，我開啟了我的流浪之旅，帶著我的背包、一張張畫紙和畫筆。

流浪到各個城市的日子，讓我緊繃的情緒得到緩解，我不必擔心在家受到阿姨排斥的目光，不必擔心和妹妹的互動會招來惡意揣測，也不必面對爸爸充滿遺憾的眼神。

日子還算充實，我以打工換取住宿，在街角爲人畫畫賺取旅費，不多，但足以支撐我繼續前行。

除了工作、創作，我仍會抽出時間在線上自學，生活好像很愜意，但也很空虛。

不知道爲什麼，明明一切好像都沒有問題，還是會不由自主地害怕。害怕回想媽媽發怒的表情，害怕回憶媽媽一聲聲的嘶吼。

恐懼的種子早已根深蒂固，隨著我的成長日漸壯大，除了害怕，我無法感受到其他情感。

我變得冷淡沉靜，有時候還想什麼都不管，隨心所欲。

我不討喜，不會有人喜歡我，他們覺得我任性、衝動、冷漠、庸人自擾……好多缺點。

可我不在意別人的目光和想法，當然，他除外。

他不是別人，是淵事珩。

這個名字刻在心裡的某一處，隨著年齡增長，事情早已覆蓋住這名字，使我不會經常想起。

但是觸碰到相關事項，例如草莓蛋糕、自行車、零食、糖果……我就會記起這個人，並深深思念他。

重返這座城市的原因亦無他，只是想向我眷戀過的地方道別而已。

這裡很多商店尚未復興，這也正是我喜歡的一點，很多地方都讓我有種重返當年的感覺。

上次悄悄跑來沒能長留，這次倒是有要長住的打算。我租了一間小公寓，眞的很小，但有很大的落地窗。

我很喜歡陽光從窗外灑進的角度，於是買了一張藤椅，很長一段時間，我都坐在這裡觀看街景，尤其喜歡凝視不遠處的那間蛋糕店。

那間蛋糕店，正是曾經和他一起蹲過門口的蛋糕店，如今還營業著，雖然麵包和蛋糕都不如其他店家花俏誘人，但我依舊記得回憶中的那草莓蛋糕。

我不曾忘記，且永遠不會忘記。

我從來沒有停止想像溫聿珩長大後的模樣，但這種飄渺的想像，只會讓我變得虛無空蕩。然而，在眞正見到他的那一刻，所有的虛影都化作有形，血肉生長，我在此刻才變成一個眞實的人。

重逢是在一家漢堡店，距離我住的地方不算太遠。

我在一座廢棄的公園拍照爲漫畫取景，閒著無事便背著背包，漫無目的地走著逛著，無意間來到那家漢堡店。

猶豫之際，有個人比我更快一步推門而入，好像被牽引一般，我也走了進去。

店內座無虛席，人潮洶湧，大家正排著隊討論該點哪款餐點。

窸窸窣窣的聲音讓我莫名煩躁，我戴上耳機，沉靜在自己的世界裡，等待輪到我點餐。

那個人就站在我身前，輪到他點餐時，店員很遺憾地告訴他，他想要的餐點已經售罄，他倒抽一口氣。

我毫不懷疑自己的聽力，因爲那時我已因耳機沒電而拿下耳機。

他安靜地站了三分鐘。一靜下來顯得身後的人更吵了，我忍不住煩躁感。

我絕不是個好脾氣的人，於是我拍了拍他的肩膀，讓他站到旁邊想清楚再來排隊點餐。他愣了愣，還眞的退出隊伍。

我點好餐，拿到食物，吃完準備回家時，那人居然還站在原地盯著菜單。走出餐廳，不知爲何，我又回頭看了他一眼。未見全貌，可他沉靜的側臉似曾相識，不過我並未多想。

要透過這個奇奇怪怪的男生，聯想到以前那個眼帶笑意的小可愛？當然不可能。

沒過幾天，我再次來到那座公園取景，在唱片行的十字路口再次遇見那個男人。

他停下自行車，深深凝視著分岔路口，似乎在想著什麼，在考量著什麼。

我越過他，下意識地回頭。眞的不知道爲什麼要回頭，但我就是這麼做了。

只是匆匆一瞥，卻讓我不自覺心跳加速。很奇怪，無法理解。

順著前方的路走，用手機隨意地拍了幾個地方，然後我遇到一群學生。他們停留在手搖飲店，我正好想要一杯奶茶，於是也停下。

命運的輪盤再次轉動，我聽到他們的對話。

「剛剛有沒有看到那傢伙？」

「有啊！停在路口不知道在想什麼。」

「可能在想要去哪個地方吧？」

「眞的很奇怪耶，他是不是有病？」

「誰知道呢？」

「我們回去時，他會不會還愣在那裡？」

「不會吧？都已經快過一個小時了。」

「要不打個賭好了。」

「好！我賭回程肯定還會見到溫聿珩！」

店員將做好的冷飲遞到我手中，陽光明媚，微風輕掠，聽到他名字時，一切都會變得美好。

我像得到指令一般，罔顧說著「零錢還沒拿」的店員，隨著那群學生往前走。我是平靜的、身不由己的。

街道喧嘩熱鬧，他仍然站在原處，前方的同學發出歡呼。

大家因爲猜中而感到興奮的同時，無不露出鄙夷的口氣。

然而，我聽不見。好像從那個名字竄進我心口開始，我再也聽不見任何聲音。

他勢必感受到這群人的注視，一抬頭，目光一一掠過眾人，最後停留在我身上。眼神交會，我忽而有種強烈的預感——這不是與他同名同姓的人，他就是他。

很快，他撇過視線掉頭就走，沸騰到臨界點的心情忽然靜了下來。

好像只是一念之間，我又隨著這群人繼續走，同學們嘻嘻哈哈地打鬧，我走近，盯著掛在他們背包上，帶有學校標誌的鑰匙圈。

我不知道自己在想什麼，但一個星期後，我出現在這所學校裡。

我沒想過打擾他的生活，我非常清楚最終我會離去，而且這一去將永不回頭。可如今我還有時間，所以想在這裡陪著他、看著他，以一個局外人的身分，靜靜待在他身邊，什麼都不做，就只是想要感受他充滿鮮活的生命與色彩。

他變了，他不再如小時候那般朝氣蓬勃，變得安靜又孤僻。他沒有朋友，甚至遭受排擠，被同學們貼上「怪胎」的標籤。

我不明白，但我很難過。

他總能激發我的情感，第一次在畫紙上畫下他的模樣時，我的手因激動而顫抖，從來沒想過，我有一天能在紙上畫出他少年時的輪廓。

陷入無法自控的情緒當中，我覺得我該和他做朋友。沒有其他的企圖，就當作是以前，他和我這個困在房間的孤獨人做朋友的回報。

有恩報恩，雖然知道他完全不記得我，但有什麼關係呢？我們可以重新開始。

沒想到他好像不太願意，甚至對我避而遠之，或許是我出場的方式不對，不該那麼唐突，應該規規矩矩、友友好好。

還是，亮出小時候的身分？不，他必然對我沒有半點印象，在黑板上看見我的名字時，他也只是淡淡地撇去視線。

我左右衡量，在「不打擾他」和「繼續接近他」之間，選擇了後者。

還是不想留下遺憾，曾經的生命之光因他而起，如今在毀滅之前再次感受，好像也挺有宿命感。

我觀察到他喜歡看漫畫，每週都會固定到漫畫店租借漫畫。我想，不如也拿自己創作的故事讓他看好了，這樣說不定會引起他的注意。

於是計畫開啟了，我把畫好的故事和還未完成的草稿合成一本書，參雜到他的圖書裡，等著他找上門對峙。

然而，他似乎想裝作不知道，在街上看到我居然還掉頭就走，我看起來有那麼可怕嗎？

突然間，他撞上燈柱，雖然覺得好笑，但在看到他額頭上的瘀青，我頓時覺得有點心疼、有點難過。

後來，在咖啡廳裡，他終於還是忍不住攤開書對峙，於是，我說了小時候媽媽經常告訴我的那個故事。

他好像嚇著了，我又連夜修改了故事送到他家。

他的家裡很溫暖，家庭氛圍也很好，妹妹很可愛，跟我妹妹一樣眼睛大大的，非常惹人喜歡。

和和氣氣地吃一餐，是我夢寐以求的願望，這一天居然實現了。很感謝他，雖然他看起來不太歡迎我。

送我回家時，他問我爲什麼會想讓他看我的創作。

那自然是因爲這故事因你而起，我牽掛你，所以想留念你。

當然，要是對他說這些話，肯定會讓他一頭霧水，所以我不多做解釋。

我在修改的故事中，大量增添他的出場機率，他看了後氣沖沖找上門對峙。

雖然帶著怒意，但感覺還是很好，我喜歡他這種眞性情的反應。

他說我醜化他？我怎麼可能這麼做？

我否認後又擔心他真的生氣，於是提出請他吃拉麵作爲補償。

他好像很無奈，但最後還是答應了。

覺得自己的運氣越來越好，打算乘勝追擊，提出「不如和我一起去旅遊」的建議，而他居然說「好」。

太過高興，甚至產生了害怕的感受，害怕好運到此結束，也怕樂極生悲，好像這種順心如意的好事不該降臨到我身上。

如有，那必定會奪走我什麼，可我還有什麼？

時間？難道會奪走我剩餘的時間？

管他的！我從來都不去計較以後的事情。於是，我連夜做出旅遊行程表。他是個極其有規畫的人，我曾意外一睹日程本的風采，我不敢有半點拖延，揮筆寫下了很多想要和他一起完成的事情，一個行程不夠，那就再寫一個。

可他太嚴苛了，不僅提出很多質疑，甚至還要推延三天來考慮。這不可能，我怎麼可能讓坐在我身邊他回家？

於是賭約開始了，旅途也開始了。

他每個細微的表情、無意識的走神，都讓我覺得有趣。我最喜歡他晃神之後看著我的眼神，那眼神有時似在說「妳怎麼還在」，有時又似在說「原來妳還在」。

和他相處的每一刻都很不可思議，我完全沒有心思要繼續創作我的故事，只要跟他在一起，我無法想起那些可怕的詛咒與黑夜。

我的前路一片明朗，我的明天充滿期待，即使在和他述說我過去的經歷，那些沉痛的回憶也未能將我擊垮。

他是個十分善良且溫柔的人，我從不認同眾人貼在他身上的標籤。

雖然他不怎麼笑，但笑的時候眼睛彎彎像半月。

童年不斷被媽媽灌輸虛幻又無盡暗黑的故事，對我造成了毀滅性的創傷，我曾經懼怕過月亮，但這一刻，我想我已深愛上。

這不是好事嗎？是，也不是。

被情緒牽制，我一時衝動，想要帶他到以前居住過的小鎮參觀，想讓我們更加接近，可這個臨時決定卻差點讓他受傷。

他說「會後悔的」，我幡然醒悟，雖然明白他的意思並不是指「後悔選擇和我一起旅遊」，這番話仍點醒了我，他以後說不定會後悔認識我。

我不想摧毀自己在他心中的形象，所以，還是決定趁早離開，反正不會長久，反正不會有結果。

雖然已經決定離開他，但我仍遵守承諾，把他想知道的一切都畫成漫畫告訴他。

當然，無可否認的是，我存有一點私心，不希望他又像小時候那樣忘了我。

我希望他記住我，無論什麼身分，但我從未奢望過他來尋找我。

他說，「跟我一起走吧」，我沒有辦法抗拒他的提議。他總是可以賜予我一股力量，好像堅信就可以實現。

我跟隨他回到城市，物是人非，被注入了新希望的生命，讓一切變得不一樣。

日子一天天在過，二十歲來臨時，我居然感到很平靜，不是暴風雨來襲前的平靜，而是一種無法言語，讓我心安的寂靜。

我們一起度過那個黑暗的倒數之夜，世界末日沒有來臨，我的精神世界也沒有崩塌。

天仍然會亮，太陽依舊升起，他依舊在寫著他的日程表。密密麻麻的字句裡，我的名字存在於很多地方。

我非常珍愛他的日程表。他已不是因創傷而編排行程，而是在創造一個屬於我和他的未來。

屬於我們的行程。

黃昏將近，模型終於拼好，溫聿珩伸了個懶腰，他低頭看著我畫框裡的畫像，又陷入思緒。

我安靜地看著他，一直等到他回過神。

「又來了。」他不高興地道：「請停止用這種看小貓小狗的眼神看我。」

我的少年還不懂，但我會告訴他。

「這不是看小貓小狗的眼神，這是在看喜歡的人。」

他十分驚訝，過了好久才說：「妳果然早就暗戀我了。」

我把畫具收好，此時手機傳來通知，是推送新聞。我點開一看，發現今日選好的餐廳，附近的街道因發生事故而封路。

我遞給他看，「怎麼辦？」

他深吸一口氣，「沒關係，我有候選名單。」

我收起手機，他說：「但妳要給我一點時間考慮。」

我又拿出手機，他再補充，「十分鐘。」

十分鐘，算是進步了。

他不再因爲錯誤選擇而恐慌不安，我不會因爲黑夜降臨而緊張無措。

我們，都在慢慢變好。

我們，都在期待明天。

後記 未來可期

感謝每位看到這的讀者。

故事創作於二〇二〇年的六月初，八月中旬完結。經歷兩個月半完成這部作品，對我這位朝九晚五的上班族來說，進度算是蠻快的。

在此之前，我並沒寫過將近八萬字的作品。很多時候，我只是把一閃而過的靈感打成小故事儲存在檔案。

然而，這個靈感卻給我一種不斷想要擴寫的感覺。

它一直在生長，故事因此而延續。

在參加比賽時，陸續得到讀者的評語和鼓勵，讓我很感動，也非常感謝大家如此認眞細看這部作品。

這部作品的角色，都不是傳統意義上受歡迎的性格——溫聿珩悲觀敏感，方黎尖銳冷漠。但這一切都源自於他們沉重的過去。就像溫聿珩的日程本誕生於一場悲劇，可最後因愛和關懷得到延續。

他們會慢慢成長，也會慢慢變好。

雖然長大後的方黎處心積慮想要和溫聿珩相識，然而他們的相遇是注定的。在很多很多年前，是剛學會自行車的溫聿珩，載著兩大袋零食拐進那條小巷；是學會折紙飛機的方黎，將紙飛機投落到他頭上。那是命運輪盤的第一次轉動。

有時候生活看似一眼到底，但你永遠不會知道街口會闖出什麼驚喜。

或許正是這些隱藏的驚喜，讓人期待未來的到來。

喬伊

國家圖書館出版品預行編目資料

奇怪的我與優雅的她／喬伊著. -- 初版. -- 臺北市：POPO原創出版，城邦原創股份有限公司出版：英屬蓋曼群島商家庭傳媒股份有限公司城邦分公司發行, 2024.10
面；　公分. --
ISBN 978-626-7455-61-6（平裝）

857.7　　113014989

奇怪的我與優雅的她

作　　者／喬伊
責任編輯／黃韻璇　行銷業務／林政杰　版　權／李婷雯

內容運營組長／李曉芳
副總經理／陳靜芬
總　經　理／黃淑貞
發　行　人／何飛鵬
法律顧問／元禾法律事務所　王子文律師
出　　版／POPO原創出版
城邦原創股份有限公司
台北市南港區昆陽街 16 號 4 樓
電話：(02) 2509-5506　傳眞：(02) 2500-1933
email：service@popo.tw
發　　行／英屬蓋曼群島商家庭傳媒股份有限公司城邦分公司
聯絡地址：台北市南港區昆陽街 16 號 8 樓
書虫客服服務專線：(02) 25007718・(02) 25007719
24小時傳眞服務：(02) 25001990・(02) 25001991
服務時間：週一至週五09:30-12:00・13:30-17:00
郵撥帳號：19863813　戶名：書虫股份有限公司
讀者服務信箱 email：service@readingclub.com.tw
城邦讀書花園網址：www.cite.com.tw
香港發行所／城邦（香港）出版集團有限公司
地址：香港九龍土瓜灣土瓜灣道86號順聯工業大廈6樓A室
email：hkcite@biznetvigator.com
電話：(852) 25086231　傳眞：(852) 25789337
馬新發行所／城邦（馬新）出版集團 Cité(M)Sdn. Bhd.
41, Jalan Radin Anum, Bandar Baru Sri Petaling,
57000 Kuala Lumpur, Malaysia.
電話：(603) 90563833　傳眞：(603) 90576622
email：services@cite.my

封面設計／也津
電腦排版／游淑萍
印　　刷／漾格科技股份有限公司
經　銷　商／聯合發行股份有限公司
電話：(02)2917-8022　傳眞：(02)2911-0053

■ 2024 年10月初版　Printed in Taiwan

定價／330元

著作權所有・翻印必究
ISBN　978-626-7455-61-6

POPO原創出版 www.popo.tw　城邦讀書花園 www.cite.com.tw

本書如有缺頁、倒裝，請來信至service@popo.tw，會有專人協助換書事宜，謝謝！